dtv

Peter Rabbit mag klein sein, aber seine Neugierde ist riesig groß. Deshalb zieht es ihn hinaus in die weite Welt – oder genauer gesagt in den Gemüsegarten von Mr. McGregor, der eigentlich verbotenes Terrain ist. Und auch mit seinen Freunden erlebt er so manches Abenteuer.
Die tierischen Helden von Beatrix Potter verzaubern seit über hundert Jahren große und kleine Leser*innen – manche Geschichten werden einfach niemals alt.

Helen Beatrix Potter (1866–1943) war eine englische Kinderbuchautorin und -illustratorin. Ihre Kinderbücher waren und sind sehr erfolgreich; Erzählungen wie ihr bekanntestes Werk ‹Die Geschichte von Peter Hase›, das 1902 veröffentlicht wurde, werden immer wieder aufgelegt.

Claudia Max studierte an der Heinrich-Heine-Universität Düsseldorf Literaturübersetzen mit dem Schwerpunkt Anglistik/Amerikanistik. Sie lebt als freiberufliche Übersetzerin in Berlin.

Beatrix Potter

Peter Rabbit
and Other Tales

Peter Rabbit
und andere Geschichten

Übersetzt von Claudia Max

Mit einer Auswahl von
Illustrationen der Autorin

dtv

Ausführliche Informationen über
unsere Autoren und Bücher
www.dtv.de

MIX
Papier aus verantwortungsvollen Quellen
FSC® C083411

Neuübersetzung

Umschlaggestaltung: dtv unter Verwendung
einer Illustration von Beatrix Potter
Satz: Greiner&Reichel, Köln
Druck und Bindung: CPI books GmbH, Leck
Gedruckt auf säurefreiem, chlorfrei gebleichtem Papier
Printed in Germany · ISBN 978-3-423-09551-8

Inhalt

The Tale of Peter Rabbit · Die Geschichte von Peter Rabbit 6 · 7

The Tale of Benjamin Bunny · Die Geschichte von Benjamin Bunny 18 · 19

The Tale of the Flopsy Bunnies · Die Geschichte von den Flopsi-Kaninchen 32 · 33

The Tale of Mr. Tod · Die Geschichte von Mr. Todd 46 · 47

The Tale of Mrs. Tiggy-winkle · Die Geschichte von Mrs. Tiggy-Winkle 92 · 93

The Tale of Ginger and Pickles · Die Geschichte von Ginger und Pickles 108 · 109

The Tale of Peter Rabbit

Once upon a time there were four little Rabbits, and their names were – Flopsy, Mopsy, Cotton-tail, and Peter. They lived with their Mother in a sand-bank, underneath the root of a very big fir-tree.

"Now my dears", said old Mrs. Rabbit one morning, "you may go into the fields or down the lane, but don't go into Mr. McGregor's garden: your Father had an accident there; he was put in a pie by Mrs. McGregor. Now run along, and don't get into mischief. I am going out."

Then old Mrs. Rabbit took a basket and her umbrella, and went through the wood to the baker's. She bought a loaf of brown bread and five currant buns.

Flopsy, Mopsy, and Cottontail, who were good little bunnies, went down the lane to gather blackberries:

Die Geschichte von Peter Rabbit

Es waren einmal vier kleine Kaninchen, die hießen Flopsi, Mopsi, Püschel und Peter. Sie wohnten mit ihrer Mutter unter den Wurzeln einer riesigen Tanne in einer Sandgrube.

«Und nun, meine Kleinen», verkündete die alte Mrs. Rabbit eines Morgens, «dürft ihr auf die Felder oder den Weg hinunterlaufen. Geht bloß nicht in Mr. McGregors Garten: Eurem Vater ist dort ein Unglück zugestoßen, Mrs. McGregor hat Pastete aus ihm gemacht. Nun los mit euch und passt schön auf euch auf. Ich gehe aus.»

Die alte Mrs. Rabbit nahm einen Korb und ihren Schirm und spazierte durch den Wald zum Bäcker, wo sie einen Laib Graubrot und fünf Rosinenbrötchen kaufte.

Und weil Flopsi, Mopsi und Püschel brave kleine Kaninchen waren, liefen sie den Feldweg hinunter, um Brombee-

But Peter, who was very naughty, ran straight away to Mr. McGregor's garden, and squeezed under the gate!

First he ate some lettuces and some French beans; and then he ate some radishes. And then, feeling rather sick, he went to look for some parsley.

But round the end of a cucumber frame, whom should he meet but Mr. McGregor!

Mr. McGregor was on his hands and knees planting out young cabbages, but he jumped up and ran after Peter, waving a rake and calling out, "Stop thief!"

Peter was most dreadfully frightened; he rushed all over the garden, for he had forgotten the way back to the gate. He lost one of his shoes among the cabbages, and the other shoe amongst the potatoes.

After losing them, he ran on four legs and went faster, so that I think he might have got away altogether if he had not unfortunately run into a gooseberry net, and got caught by the large buttons on his jacket. It was a blue jacket with brass buttons, quite new.

Peter gave himself up for lost, and shed big tears; but his sobs were overheard by some friendly sparrows, who flew to him in great excitement, and implored him to exert himself.

Mr. McGregor came up with a sieve, which he intended to pop upon the top of Peter; but Peter wriggled out just in time, leaving his jacket behind him.

ren zu sammeln. Der freche Peter hingegen flitzte schnurstracks zu Mr. McGregors Garten und zwängte sich unter dem Tor hindurch!

Zuerst verputzte er mehrere Salatköpfe und ein paar grüne Bohnen; dann kostete er die Radieschen. Danach war ihm ziemlich übel und er sah sich nach Petersilie um.

Doch wen traf er am Ende eines Gurkenbeets? Ausgerechnet Mr. McGregor!

Mr. McGregor kniete auf der Erde und pflanzte Kohlsetzlinge, doch als er Peter sah, sprang er auf und rannte ihm hinterher. Dabei schwang er die Harke und rief: «Haltet den Dieb!»

Peter hatte schreckliche Angst und sauste kreuz und quer durch den Garten, weil er den Weg zum Tor nicht mehr fand. Einen Schuh verlor er zwischen den Kohlköpfen, den anderen zwischen den Kartoffeln.

Ohne Schuhe und auf vier Beinen lief er sogar schneller, und ich denke, er wäre bestimmt entwischt, wenn er nicht unglücklicherweise in ein Stachelbeernetz gerannt und mit den großen Knöpfen seiner Jacke daran hängen geblieben wäre. Es war eine blaue Jacke mit Messingknöpfen, noch ganz neu.

Peter sah sein letztes Stündchen gekommen und weinte dicke Tränen. Ein paar freundliche Spatzen hörten sein Schluchzen, sie flatterten aufgeregt herbei und flehten ihn an, nicht aufzugeben.

Mr. McGregor tauchte mit einem Sieb auf, das er Peter überstülpen wollte, doch Peter konnte sich gerade noch darunter hervorwinden – nur seine Jacke musste er leider zurücklassen.

And rushed into the tool-shed, and jumped into a can. It would have been a beautiful thing to hide in, if it had not had so much water in it.

Mr. McGregor was quite sure that Peter was somewhere in the tool-shed, perhaps hidden underneath a flower-pot. He began to turn them over carefully, looking under each.

Presently Peter sneezed – "Kertyschoo!" Mr. McGregor was after him in no time. And tried to put his foot upon Peter, who jumped out of a window, upsetting three plants. The window was too small for Mr. McGregor, and he was tired of running after Peter. He went back to his work.

Peter sat down to rest; he was out of breath and trembling with fright, and he had not the least idea which way to go. Also he was very damp with sitting in that can.

After a time he began to wander about, going

Er flitzte in den Schuppen und sprang in eine Gießkanne. Ohne das Wasser darin hätte sie ein tolles Versteck abgegeben.

Mr. McGregor war überzeugt, dass sich Peter irgendwo im Schuppen versteckte. Vielleicht unter einem Blumentopf? Vorsichtig drehte er einen nach dem anderen um und sah darunter nach.

Da musste Peter niesen – «Haa-tschiii!» und sofort war Mr. McGregor ihm auf den Fersen. Er versuchte, Peter mit dem Fuß zu erwischen, aber der sprang aus dem Fenster und warf dabei drei Blumentöpfe um. Mr. McGregor passte nicht durch das Fenster, und er war es auch leid, hinter Peter herzurennen. Er machte sich wieder an die Arbeit.

Peter musste sich erst einmal ausruhen. Er war außer Atem und zitterte vor Angst, außerdem hatte er keine Ahnung, wohin er laufen sollte. Noch dazu war er in der Gießkanne klatschnass geworden.

Nach einer Weile fing er an herumzulaufen – hoppeldi-

lippity – lippity – not very fast, and looking all round. He found a door in a wall; but it was locked, and there was no room for a fat little rabbit to squeeze underneath.

An old mouse was running in and out over the stone doorstep, carrying peas and beans to her family in the wood. Peter asked her the way to the gate, but she had such a large pea in her mouth that she could not answer. She only shook her head at him. Peter began to cry.

Then he tried to find his way straight across the garden, but he became more and more puzzled. Presently, he came to a pond where Mr. McGregor filled his water-cans. A white cat was staring at some gold-fish, she sat very, very still, but now and then the tip of her tail twitched as if it were alive. Peter thought it best to

hoppel –, nicht allzu schnell, und schaute sich aufmerksam um. In einer Mauer entdeckte er eine Tür, aber sie war verriegelt. Ein kleines pummeliges Kaninchen konnte sich auch nicht darunter hindurchzwängen.

Eine alte Maus rannte über die Steinschwelle rein und raus und schleppte Erbsen und Bohnen zu ihrer Familie im Wald. Peter fragte sie nach dem Weg zum Tor, doch sie hatte eine so große Erbse im Mund, dass sie ihm nicht antworten konnte, und schüttelte bloß den Kopf. Peter begann zu weinen.

Er versuchte es quer durch den Garten, was ihn aber noch mehr verwirrte. Nach einer Weile kam er zu dem Teich, an dem Mr. McGregor seine Gießkannen füllte. Eine weiße Katze starrte auf ein paar Goldfische; sie saß ganz, ganz still, nur ihre Schwanzspitze zuckte ab und zu, als hätte sie ein Eigenleben. Peter hielt es für das Beste, weiterzugehen und

go away without speaking to her; he had heard about cats from his cousin, little Benjamin Bunny.

He went back towards the tool-shed, but suddenly, quite close to him, he heard the noise of a hoe – scr-r-ritch, scratch, scratch, scritch. Peter scuttered underneath the bushes. But presently, as nothing happened, he came out, and climbed upon a wheelbarrow and peeped over. The first thing he saw was Mr. McGregor hoeing onions. His back was turned towards Peter, and beyond him was the gate!

Peter got down very quietly off the wheelbarrow; and started running as fast as he could go, along a straight walk behind some black-currant bushes.

Mr. McGregor caught sight of him at the corner, but Peter did not care. He slipped underneath the gate, and was safe at last in the wood outside the garden.

Mr. McGregor hung up the little jacket and the shoes for a scare-crow to frighten the blackbirds.

sie nicht anzusprechen. Sein Vetter, der kleine Benjamin Bunny, hatte ihm so einiges über Katzen erzählt.

Er lief wieder zum Schuppen zurück, da hörte er plötzlich ganz in seiner Nähe eine Hacke – kr-r-ritz, kratz, kratz, kritz. Peter huschte unters Gebüsch. Aber da nichts passierte, kam er wieder heraus, kletterte in eine Schubkarre und spähte über den Rand. Das Erste, was er sah, war Mr. McGregor, der Zwiebeln harkte. Er wandte Peter den Rücken zu, und vor ihm war das Tor!

Peter kletterte ganz leise aus der Schubkarre und flitzte, so schnell er konnte, hinter einigen Sträuchern mit schwarzen Johannisbeeren einen geraden Weg hinunter.

Dass Mr. McGregor ihn an der Ecke sah, war Peter egal. Er schlüpfte unter dem Tor durch, und im Wald vor dem Garten war er endlich wieder in Sicherheit.

Seine kleine Jacke und die Schuhe hängte Mr. McGregor als Vogelscheuche auf, um die Amseln abzuschrecken.

Peter never stopped running or looked behind him till he got home to the big fir-tree.

He was so tired that he flopped down upon the nice soft sand on the floor of the rabbit-hole and shut his eyes. His mother was busy cooking; she wondered what he had done with his clothes. It was the second little jacket and pair of shoes that Peter had lost in a fortnight!

I am sorry to say that Peter was not very well during the evening.

His mother put him to bed, and made some camomile tea; and she gave a dose of it to Peter! "One tablespoonful to be taken at bed-time."

But Flopsy, Mopsy, and Cotton-tail had bread and milk and blackberries for supper.

Peter rannte ohne anzuhalten oder sich umzudrehen, bis er zu Hause an der hohen Tanne war.

Er war so erschöpft, dass er nur noch auf den schönen weichen Sand im Kaninchenbau plumpste und die Augen schloss. Seine Mutter war gerade am Kochen und wunderte sich, was er mit seinen Kleidern angestellt hatte. Es war schon die zweite kleine Jacke und das zweite Paar Schuhe, die Peter in zwei Wochen verloren hatte!

Leider muss ich berichten, dass es Peter an diesem Abend gar nicht gut ging.

Seine Mutter steckte ihn ins Bett, dann brühte sie Kamillentee auf und gab Peter davon. «Einen Esslöffel voll vor dem Schlafengehen.»

Für Flopsi, Mopsi und Püschel hingegen gab es Brot und Milch und Brombeeren zum Abendessen.

The Tale of Benjamin Bunny

For the children of Sawrey from old Mr. Bunny

One morning a little rabbit sat on a bank. He pricked his ears and listened to the trit-trot, trit-trot of a pony. A gig was coming along the road; it was driven by Mr. McGregor, and beside him sat Mrs. McGregor in her best bonnet.

As soon as they had passed, little Benjamin Bunny slid down into the road, and set off – with a hop, skip, and a jump – to call upon his relations, who lived in the wood at the back of Mr. McGregor's garden.

That wood was full of rabbit holes; and in the neatest, sandiest hole of all lived Benjamin's aunt

Die Geschichte von Benjamin Bunny

Für die Kinder aus Sawrey vom alten Mr. Bunny

Eines Morgens saß ein kleines Kaninchen auf der Straßenböschung. Es spitzte die Ohren und lauschte auf das Tripp-trapp, Tripp-trapp eines Ponys. Eine Kutsche kam die Straße entlang, Mr. McGregor hielt die Zügel, neben ihm saß Mrs. McGregor, sie trug ihre Ausgehhaube.

Sobald sie vorbeigefahren waren, rutschte der kleine Benjamin Bunny die Böschung hinunter und machte sich – hopsend, hüpfend und springend – auf den Weg. Er wollte seine Verwandten besuchen, die im Wald hinter Mr. McGregors Garten wohnten.

Überall im Wald waren Kaninchenbaue und im ordentlichsten und sandigsten wohnten Benjamins Tante und

and his cousins – Flopsy, Mopsy, Cotton-tail, and Peter.

Old Mrs. Rabbit was a widow; she earned her living by knitting rabbit-wool mittens and muffatees (I once bought a pair at a bazaar). She also sold herbs, and rosemary tea, and rabbit-tobacco (which is what we call lavender).

Little Benjamin did not very much want to see his Aunt.

He came round the back of the fir-tree, and nearly tumbled upon the top of his Cousin Peter.

Peter was sitting by himself. He looked poorly, and was dressed in a red cotton pocket-handkerchief.

"Peter," said little Benjamin, in a whisper, "who has got your clothes?"

Peter replied, "The scarecrow in Mr. McGregor's garden," and described how he had been chased about the garden, and had dropped his shoes and coat.

Little Benjamin sat down beside his cousin and assured him that Mr. McGregor had gone out in a gig, and Mrs. McGregor also; and certainly for the day, because she was wearing her best bonnet.

Peter said he hoped that it would rain.

At this point old Mrs. Rabbit's voice was heard inside the rabbit hole, calling: "Cotton-tail! Cotton-tail! fetch some more camomile!"

Peter said he thought he might feel better if he went for a walk.

They went away hand in hand, and got upon the

seine Kusinen Flopsi, Mopsi und Püschel und sein Vetter Peter.

Die alte Mrs. Rabbit war Witwe und verdiente ihren Unterhalt mit dem Stricken von Fäustlingen und Pulswärmern aus Hasenwolle (ich habe einmal ein Paar auf einem Kirchenbasar erstanden). Außerdem verkaufte sie Kräuter und Rosmarintee und Hasentabak (wir sagen Lavendel dazu).

Der kleine Benjamin legte wenig Wert darauf, seiner Tante zu begegnen.

Als er sich hinter der Tanne vorbeischlich, wäre er beinahe über seinen Vetter Peter gestolpert.

Peter saß allein da. Er sah jämmerlich aus und war bloß in ein rotes Baumwolltaschentuch gewickelt.

« Peter », flüsterte der kleine Benjamin, « wer hat deine Kleider? »

« Die Vogelscheuche in Mr. McGregors Garten », antwortete Peter und erzählte, wie er durch den Garten gejagt worden war und dabei Schuhe und Jacke verloren hatte.

Der kleine Benjamin setzte sich neben seinen Vetter und versicherte ihm, dass Mr. McGregor mit einer Kutsche davongefahren sei. Mrs. McGregor habe ihn begleitet. Bestimmt blieben sie den ganzen Tag weg, sie habe ihre Ausgehhaube getragen.

Peter sagte, er hoffe nur, es werde regnen.

In diesem Augenblick hörte man die alte Mrs. Rabbit im Kaninchenbau rufen: « Püschel! Püschel! Hol mir doch noch ein wenig Kamille! »

Peter schlug vor, einen Spaziergang zu machen, dann würde es ihm bestimmt besser gehen.

Sie gingen Hand in Hand davon und kletterten auf die

flat top of the wall at the bottom of the wood. From here they looked down into Mr. McGregor's garden.

Peter's coat and shoes were plainly to be seen upon the scarecrow, topped with an old tam-o'-shanter of Mr. McGregor's.

Little Benjamin said: "It spoils people's clothes to squeeze under a gate; the proper way to get in is to climb down a pear-tree."

Peter fell down head first; but it was of no consequence, as the bed below was newly raked and quite soft. It had been sown with lettuces. They left a great many odd little foot-marks all over the bed, especially little Benjamin, who was wearing clogs.

Little Benjamin said that the first thing to be done was to get back Peter's clothes, in order that they might be able to use the pocket-handkerchief.

Mauer am Waldrand. Von dort spähten sie in Mr. McGregors Garten.

Peters Jacke und Schuhe hingen unübersehbar an der Vogelscheuche, obendrauf steckte eine alte Wollmütze von Mr. McGregor.

Der kleine Benjamin sagte: «Wenn man sich unter dem Tor durchzwängt, zerreißt man sich bloß die Kleider; besser, wir klettern einen Birnbaum hinunter.»

Peter purzelte kopfüber vom Baum, doch weil das Beet darunter frisch geharkt und ziemlich weich war, tat er sich nicht weh. Im Beet war Kopfsalat ausgesät. Sie hinterließen viele seltsame kleine Fußspuren auf dem Beet, vor allem der kleine Benjamin in seinen Holzschuhen.

Der kleine Benjamin befand, sie sollten zuerst Peters Kleider zurückholen, dann könnten sie das Taschentuch benutzen.

They took them off the scarecrow. There had been rain during the night; there was water in the shoes, and the coat was somewhat shrunk. Benjamin tried on the tam-o'-shanter, but it was too big for him.

Then he suggested that they should fill the pocket-handkerchief with onions, as a little present for his Aunt.

Peter did not seem to be enjoying himself; he kept hearing noises. Benjamin, on the contrary, was perfectly at home, and ate a lettuce leaf.

He said that he was in the habit of coming to the garden with his father to get lettuces for their Sunday dinner. (The name of little Benjamin's papa was old Mr. Benjamin Bunny.) The lettuces certainly were very fine.

Peter did not eat anything; he said he should like to go home. Presently he dropped half the onions.

Sie nahmen Peters Sachen von der Vogelscheuche herunter. Nachts hatte es geregnet, in den Schuhen stand Wasser, und die Jacke war ein bisschen eingelaufen. Benjamin probierte die Wollmütze auf, aber sie war ihm zu groß.

Dann schlug er vor, das Taschentuch mit Zwiebeln zu füllen und seiner Tante als kleines Geschenk mitzubringen.

Peter war unwohl dabei; er hörte ständig Geräusche. Benjamin hingegen fühlte sich wie zu Hause und knabberte an einem Salatblatt.

Er erzählte, dass er gewöhnlich mit seinem Vater für das Sonntagsessen Kopfsalat aus dem Garten holte. (Der Papa des kleinen Benjamin wurde « der alte Mr. Benjamin Bunny » genannt.) Der Kopfsalat war wirklich sehr lecker.

Aber Peter aß nichts und sagte, er wolle nach Hause. Nicht lange, und er verlor unterwegs die Hälfte der Zwiebeln.

Little Benjamin said that it was not possible to get back up the pear-tree with a load of vegetables. He led the way boldly towards the other end of the garden. They went along a little walk on planks, under a sunny, red brick wall.

The mice sat on their doorsteps cracking cherry-stones; they winked at Peter Rabbit and little Benjamin Bunny.

Presently Peter let the pocket-handkerchief go again.

They got amongst flower-pots, and frames, and tubs. Peter heard noises worse than ever; his eyes were as big as lolly-pops!

He was a step or two in front of his cousin when he suddenly stopped. This is what those little rabbits saw round that corner! Little Benjamin took one look, and then, in half a minute less than no time, he hid himself and Peter and the onions underneath a large basket …

The cat got up and stretched herself, and came and sniffed at the basket.

Perhaps she liked the smell of onions!

Anyway, she sat down upon the top of the basket. She sat there for *five hours.*

I cannot draw you a picture of Peter and Benjamin underneath the basket, because it was quite dark, and because the smell of onions was fearful; it made Peter Rabbit and little Benjamin cry.

The sun got round behind the wood, and it was quite

Der kleine Benjamin fand, mit dem Sack voller Gemüse könnten sie nicht wieder über den Birnbaum klettern. Als sie zum anderen Ende des Gartens schlichen, ging er mutig voran. Sie liefen auf einem schmalen Weg aus Holzplanken an einer sonnigen roten Ziegelmauer entlang.

Die Mäuse, die auf ihren Türschwellen Kirschkerne knackten, zwinkerten Peter Rabbit und dem kleinen Benjamin Bunny zu.

Wenig später ließ Peter das Taschentuch noch einmal fallen.

Sie standen jetzt zwischen Blumentöpfen und Frühbeeten und Bottichen. Peter hörte immer schlimmere Geräusche. Seine Augen waren so groß wie Lutscher!

Er war seinem Vetter ein, zwei Schritte voraus, doch plötzlich blieb er stehen. Und was sahen die kleinen Kaninchen, als sie um die Ecke spähten? Dem kleinen Benjamin genügte ein Blick, und wie zwei geölte Blitze waren er und Peter und die Zwiebeln unter einem großen Korb …

Die Katze stand auf, streckte sich, dann kam sie an den Korb und schnupperte.

Vielleicht mochte sie den Geruch von Zwiebeln?

Sie setzte sich jedenfalls auf den Korb. Und blieb *fünf Stunden* lang darauf sitzen.

Ich kann euch kein Bild malen, wie Peter und Benjamin unter dem Korb kauerten, denn es war ziemlich dunkel dort. Zudem roch es so fürchterlich nach Zwiebeln, dass Peter Rabbit und dem kleinen Benjamin die Augen tränten.

Es war bereits später Nachmittag und die Sonne ging

late in the afternoon; but still the cat sat upon the basket.

At length there was a pitter-patter, pitter-patter, and some bits of mortar fell from the wall above.

The cat looked up and saw old Mr. Benjamin Bunny prancing along the top of the wall of the upper terrace. He was smoking a pipe of rabbit-tobacco, and had a little switch in his hand. He was looking for his son.

Old Mr. Bunny had no opinion whatever of cats. He took a tremendous jump off the top of the wall on to the top of the cat, and cuffed it off the basket, and kicked it into the greenhouse, scratching off a handful of fur. The cat was too much surprised to scratch back.

When old Mr. Bunny had driven the cat into the greenhouse, he locked the door.

hinter dem Wald unter. Doch die Katze thronte weiterhin auf dem Korb.

Schließlich war ein Tipp-tapp, Tipp-tapp zu hören und von der Mauer über ihnen bröckelte Mörtel ab.

Die Katze hob den Kopf und sah den alten Mr. Benjamin Bunny auf der Mauer der oberen Terrasse herumstolzieren. Er rauchte eine Pfeife Hasentabak und hielt eine kleine Rute in der Hand. Er suchte seinen Sohn.

Dem alten Mr. Bunny waren Katzen gleichgültig. Mit einem Riesensatz sprang er von der Mauer auf den Rücken der Katze, schubste sie vom Korb und jagte sie mit Tritten ins Gewächshaus. Dabei kratzte er ihr ein Büschel Haare aus dem Fell. Die Katze war viel zu verblüfft, um zurückzukratzen.

Nachdem der alte Mr. Bunny die Katze ins Gewächshaus gescheucht hatte, verriegelte er die Tür.

Then he came back to the basket and took out his son Benjamin by the ears, and whipped him with the little switch.

Then he took out his nephew Peter.

Then he took out the handkerchief of onions, and marched out of the garden.

When Mr. McGregor returned about half an hour later he observed several things which perplexed him.

It looked as though some person had been walking all over the garden in a pair of clogs – only the footmarks were too ridiculously little! Also he could not understand how the cat could have managed to shut herself up *inside* the greenhouse, locking the door upon the *outside*.

When Peter got home his mother forgave him, because she was so glad to see that he had found his shoes and coat. Cotton-tail and Peter folded up the pocket-handkerchief, and old Mrs. Rabbit strung up the onions and hung them from the kitchen ceiling, with the bunches of herbs and the rabbit-tobacco.

Er ging zum Korb zurück und zog seinen Sohn Benjamin an den Löffeln heraus und bestrafte ihn.

Anschließend kam sein Neffe Peter an die Reihe.

Danach zog er das Taschentuch mit den Zwiebeln hervor und stolzierte aus dem Garten.

Als Mr. McGregor eine halbe Stunde später zurückkam, fielen ihm etliche Dinge auf, die ihn stutzen ließen.

Es sah aus, als wäre jemand mit Holzschuhen kreuz und quer durch den Garten gelaufen – allerdings waren die Fußspuren klitzeklein! Wie es die Katze geschafft hatte, sich *im* Gewächshaus einzusperren und gleichzeitig die Tür *von außen* zu verriegeln, überstieg ebenfalls seinen Verstand.

Als Peter nach Hause kam, freute sich seine Mutter so sehr über die wiedergefundenen Schuhe und die Jacke, dass sie ihm verzieh. Püschel und Peter falteten das Taschentuch, und die alte Mrs. Rabbit band die Zwiebeln zusammen und hängte sie neben die Kräuterbüschel und den Hasentabak an die Küchendecke.

The Tale of the Flopsy Bunnies

For all little friend of Mr. McGregor & Peter & Benjamin

It is said that the effect of eating too much lettuce is "soporific." I have never felt sleepy after eating lettuces; but then I am not a rabbit. They certainly had a very soporific effect upon the Flopsy Bunnies!

When Benjamin Bunny grew up, he married his Cousin Flopsy. They had a large family, and they were very improvident and cheerful. I do not remember the separate names of their children; they were generally called the "Flopsy Bunnies."

As there was not always quite enough to eat, –

Die Geschichte von den Flopsi-Kaninchen

Für alle kleinen Freunde und Freundinnen von Mr. McGregor & Peter & Benjamin

Kopfsalat wird nachgesagt, er würde «einschläfernd» wirken, wenn man zu viel davon isst. Ich bin noch nie schläfrig geworden, wenn ich Kopfsalat gegessen habe; andererseits bin ich kein Kaninchen. Bei den Flopsi-Kaninchen wirkte er auf jeden Fall sehr einschläfernd!

Als Benjamin Bunny erwachsen war, heiratete er seine Kusine Flopsi. Sie bekamen viele Kinder und lebten sehr sorglos und fröhlich. An die verschiedenen Namen ihrer Kinder kann ich mich nicht mehr erinnern; die meisten nannten sie einfach die «Flopsi-Kaninchen».

Und weil das Essen oft knapp war, borgte sich Benjamin

Benjamin used to borrow cabbages from Flopsy's brother, Peter Rabbit, who kept a nursery garden.

Sometimes Peter Rabbit had no cabbages to spare. When this happened, the Flopsy Bunnies went across the field to a rubbish heap, in the ditch outside Mr. McGregor's garden.

Mr. McGregor's rubbish heap was a mixture. There were jam pots and paper bags, and mountains of chopped grass from the mowing machine (which always tasted oily), and some rotten vegetable marrows and an old boot or two.

One day – oh joy ! – there were a quantity of overgrown lettuces, which had "shot" into flower. The Flopsy Bunnies simply stuffed lettuces.

By degrees, one after another, they were overcome with slumber, and lay down in the mown grass.

Benjamin was not so much overcome as his children. Before going to sleep he was sufficiently wide awake to put a paper bag over his head to keep off the flies.

The little Flopsy Bunnies slept delightfully in the warm sun. From the lawn beyond the garden came the distant clacketty sound of the mowing machine. The bluebottles buzzed about the wall, and a little old mouse picked over the rubbish among the jam pots. (I can tell you her name, she was called Thomasina Tittlemouse, a woodmouse with a long tail.) She rustled across the paper bag, and awakened Benjamin Bunny.

The mouse apologized profusely, and said that she knew Peter Rabbit.

ab und zu Kohlköpfe von Flopsis Bruder, Peter Rabbit, der in seinem Garten Setzlinge großzog.

Doch manchmal konnte Peter Rabbit keinen Kohl erübrigen. In diesem Fall hoppelten die Flopsi-Kaninchen quer übers Feld zum Abfallhaufen im Graben vor Mr. McGregors Garten.

Der Abfallhaufen von Mr. McGregor war eine bunte Mischung. Es gab Marmeladengläser und Papiertüten und Berge von gemähtem Gras (das immer nach dem Öl des Rasenmähers schmeckte), verfaulte Kürbisse und den ein oder anderen alten Stiefel.

Eines Tages – welche Freude! – lag dort ein ganzer Haufen übergroßer Salatköpfe, die «geschossen» waren. Die Flopsi-Kaninchen schlugen sich die Bäuche mit Salat voll.

Eines nach dem anderen wurde vom Schlaf überwältigt und streckte sich im gemähten Gras aus.

Benjamin war nicht ganz so müde wie seine Kinder. Bevor er sich hinlegte, war er noch munter genug, sich als Fliegenschutz eine Papiertüte über den Kopf zu stülpen.

Die kleinen Flopsi-Kaninchen schlummerten selig in der warmen Sonne. Von der Wiese vor dem Garten war das entfernte Knattern des Rasenmähers zu hören. Die Schmeißfliegen surrten an der Mauer entlang und eine kleine alte Maus stöberte zwischen Marmeladengläsern im Abfall. (Ich kann euch ihren Namen verraten, sie hieß Thomasina Tittlemouse und war eine Waldmaus mit langem Schwanz.) Als sie über die Papiertüte huschte, weckte das Rascheln Benjamin Bunny.

Die Maus entschuldigte sich vielmals und stellte sich als Bekannte von Peter Rabbit vor.

While she and Benjamin were talking, close under the wall, they heard a heavy tread above their heads; and suddenly Mr. McGregor emptied out a sackful of lawn mowings right upon the top of the sleeping Flopsy Bunnies ! Benjamin shrank down under his paper bag. The mouse hid in a jam pot.

The little rabbits smiled sweetly in their sleep under the shower of grass; they did not awake because the lettuces had been so soporific.

They dreamt that their mother Flopsy was tucking them up in a hay bed.

Mr. McGregor looked down after emptying his sack. He saw some funny little brown tips of ears sticking up through the lawn mowings. He stared at them for some time.

Presently a fly settled on one of them and it moved.

Benjamin und sie plauderten dicht unter der Mauer, als sie plötzlich schwere Schritte über ihren Köpfen hörten. Ohne Vorwarnung schüttete Mr. McGregor einen ganzen Sack gemähtes Gras über den schlafenden Flopsi-Kaninchen aus! Benjamin duckte sich unter seine Papiertüte. Die Maus versteckte sich in einem Marmeladenglas.

Die kleinen Häschen lächelten allerliebst im Schlaf, als sich das Gras über sie ergoss. Der Kopfsalat war so einschläfernd gewesen, dass sie nicht aufwachten.

Sie träumten, dass ihre Mutter Flopsi sie in einem Heubett zudeckte.

Nachdem er den Sack ausgeleert hatte, schaute Mr. McGregor nach unten. Und entdeckte die Spitzen von merkwürdigen kleinen braunen Ohren im gemähten Gras. Er starrte sie eine Weile an.

In diesem Moment ließ sich eine Fliege auf einem der Ohren nieder. Es zuckte.

Mr. McGregor climbed down on to the rubbish heap – "One, two, three, four! five! six little rabbits!" said he as he dropped them into his sack.

The Flopsy Bunnies dreamt that their mother was turning them over in bed. They stirred a little in their sleep, but still they did not wake up.

Mr. McGregor tied up the sack and left it on the wall. He went to put away the mowing machine.

While he was gone, Mrs. Flopsy Bunny (who had remained at home) came across the field. She looked suspiciously at the sack and wondered where everybody was?

Then the mouse came out of her jam pot, and Benjamin took the paper bag off his head, and they told the doleful tale.

Mr. McGregor stieg zum Abfallhaufen hinunter – « Eins, zwei, drei, vier ! Fünf ! Sechs kleine Karnickel ! », zählte er und steckte eins nach dem anderen in seinen Sack.

Die Flopsi-Kaninchen träumten, ihre Mutter würde sie im Bett auf die andere Seite drehen. Sie bewegten sich ein wenig im Schlaf, wachten aber immer noch nicht auf.

Mr. McGregor band den Sack zu und stellte ihn auf die Mauer. Er ging davon, um den Rasenmäher wegzuräumen.

Kaum war er fort, kam Mrs. Flopsi Bunny (die zu Hause geblieben war) übers Feld gelaufen. Sie beäugte misstrauisch den Sack und fragte sich, wo ihre Familie stecken mochte.

Da kroch die Maus aus ihrem Marmeladenglas und Benjamin zog sich die Papiertüte vom Kopf, und sie erzählten ihr die traurige Geschichte.

Benjamin and Flopsy were in despair, they could not undo the string. But Mrs. Tittlemouse was a resourceful person. She nibbled a hole in the bottom corner of the sack. The little rabbits were pulled out and pinched to wake them.

Their parents stuffed the empty sack with three rotten vegetable marrows, an old blacking-brush and two decayed turnips.

Then they all hid under a bush and watched for Mr. McGregor.

Mr. McGregor came back and picked up the sack, and carried it off. He carried it hanging down, as if it were rather heavy.

The Flopsy Bunnies followed at a safe distance. The watched him go into his house. And then they crept up to the window to listen.

Mr. McGregor threw down the sack on the stone floor in a way that would have been extremely painful to the Flopsy Bunnies, if they had happened to have been inside it.

They could hear him drag his chair on the flags, and chuckle – "One, two, three, four, five, six leetle rabbits!" said Mr. McGregor.

"Eh? What's that? What have they been spoiling now?" enquired Mrs. McGregor.

"One, two, three, four, five, six little fat rabbits!" repeated Mr. McGregor, counting on his fingers – "one, two, three –"

"Don't you be silly; what do you mean, you silly old man?"

Benjamin und Flopsi waren verzweifelt, denn sie bekamen den Sack nicht auf. Doch Mrs. Tittlemouse wusste Rat. Sie knabberte ein Loch unten in den Sack. Die kleinen Kaninchen wurden herausgezogen und gezwickt, damit sie aufwachten.

Ihre Eltern stopften drei faulige Kürbisse in den Sack, dazu eine alte Schuhbürste und zwei vermoderte Rettiche.

Dann versteckten sich alle unter einem Busch und hielten nach Mr. McGregor Ausschau.

Mr. McGregor kam zurück, nahm den Sack und trug ihn davon. So, wie er den Arm herunterhängen ließ, schien der Sack recht schwer zu sein.

Die Flopsi-Kaninchen folgten in sicherem Abstand, bis sie ihn ins Haus gehen sahen. Dann schlichen sie unters Fenster, um zu lauschen.

Mr. McGregor warf den Sack mit so viel Schwung auf den Steinboden, dass sich die Flopsi-Kaninchen wirklich ordentlich weh getan hätten, wenn sie noch darin gewesen wären.

Sie hörten, wie er einen Stuhl über die Steinfliesen zog und in sich hineinlachte – « Eins, zwei, drei, vier, fünf, sechs kleine Karnickel ! », frohlockte Mr. McGregor.

« Wie? Was ist das? Was haben sie denn nun wieder kaputt gemacht? », erkundigte sich Mrs. McGregor.

« Eins, zwei, drei, vier, fünf, sechs kleine fette Karnickel ! », wiederholte Mr. McGregor und zählte an den Fingern ab – « Eins, zwei, drei – »

« Hör auf mit dem Unsinn; was redest du da, du alter Dummkopf? »

"In the sack! one, two, three, four, five, six!" replied Mr. McGregor.

(The youngest Flopsy Bunny got upon the window-sill.)

Mrs. McGregor took hold of the sack and felt it. She said she could feel six, but they must be *old* rabbits, because they were so hard and all different shapes.

"Not fit to eat; but the skins will do fine to line my old cloak."

"Line your old cloak?" shouted Mr. McGregor – "I shall sell them and buy myself baccy!"

"Rabbit tobacco! I shall skin them and cut off their heads."

Mrs. McGregor untied the sack and put her hand

« Im Sack ! Eins, zwei, drei, vier, fünf, sechs ! », antwortete Mr. McGregor.

(Das jüngste Flopsi-Kaninchen kletterte aufs Fensterbrett.)

Mrs. McGregor schnappte sich den Sack und betastete ihn. Sie sagte, sie könne zwar sechs fühlen, aber es müssten *alte* Kaninchen sein, so hart, wie sie waren, und jeder Körper anders.

« Zum Essen taugen die nicht mehr; aber die Felle werden ein prima Futter für meinen alten Mantel abgeben. »

« Deinen alten Mantel füttern ? », brüllte Mr. McGregor – « Ich werde sie gegen Tabak eintauschen ! »

« Hasentabak ! Ich werde ihnen das Fell abziehen und die Köpfe abschneiden. »

Mrs. McGregor band den Sack auf und steckte die Hand

inside. When she felt the vegetables she became very very angry. She said that Mr. McGregor had "done it a purpose."

And Mr. McGregor was very angry too. One of the rotten marrows came flying through the kitchen window, and hit the youngest Flopsy Bunny. It was rather hurt. Then Benjamin and Flopsy thought that it was time to go home.

So Mr. McGregor did not get his tobacco, and Mrs. McGregor did not get her rabbit skins.

But next Christmas Thomasina Tittlemouse got a present of enough rabbit-wool to make herself a cloak and a hood, and a handsome muff and a pair of warm mittens.

hinein. Als sie merkte, dass es Gemüse war, wurde sie sehr sehr wütend. Sie sagte, Mr. McGregor habe es «mit Absicht» getan.

Auch Mr. McGregor war sehr wütend. Einer der fauligen Kürbisse kam durchs Küchenfenster geflogen und traf das jüngste Flopsi-Kaninchen. Das war schmerzhaft für das Kaninchen. Benjamin und Flopsi befanden, nun sei es an der Zeit, nach Hause zu gehen.

Und so bekamen weder Mr. McGregor seinen Tabak noch Mrs. McGregor ihre Kaninchenfelle.

Thomasina Tittlemouse erhielt dafür zu Weihnachten ein so großes Päckchen Hasenwolle, dass sie sich einen Mantel mit Kapuze und einen hübschen Muff und ein Paar warme Fäustlinge davon stricken konnte.

The Tale of Mr. Tod

I have made many books about well-behaved people. Now, for a change, I am going to make a story about two disagreeable people, called Tommy Brock and Mr. Tod.

Nobody could call Mr. Tod "nice." The rabbits could not bear him; they could smell him half a mile off. He was of a wandering habit and he had foxey whiskers; they never knew where he would be next.

Die Geschichte von Mr. Todd

Über wohlerzogene Leute habe ich schon viele Bücher geschrieben. Nun werde ich zur Abwechslung eine Geschichte von zwei unangenehmen Zeitgenossen namens Tommy Brock* und Mr. Todd** erzählen.

Niemand käme auf die Idee, Mr. Todd als «nett» zu bezeichnen. Die Kaninchen konnten ihn nicht ausstehen; sie rochen ihn schon eine halbe Meile gegen den Wind. Gewöhnlich streifte er umher. Er trug einen Fuchsbart, und man wusste nie, wo er als Nächstes auftauchen würde.

* «Brock» ist ein Name, der einem Dachs oft in Fabeln gegeben wird.

** «Tod» bedeutet im schottischen und nordenglischen Dialekt «Fuchs». Namensänderung im Deutschen, um Missverständnissen vorzubeugen.

One day he was living in a stick-house in the coppice, causing terror to the family of old Mr. Benjamin Bouncer. Next day he moved into a pollard willow near the lake, frightening the wild ducks and the water rats. In winter and early spring he might generally be found in an earth amongst the rocks at the top of Bull Banks, under Oatmeal Crag.

He had half a dozen houses, but he was seldom at home.

The houses were not always empty when Mr. Tod moved *out*; because sometimes Tommy Brock moved *in*; (without asking leave).

Tommy Brock was a short bristly fat waddling person with a grin; he grinned all over his face. He was not nice in his habits. He ate wasp nests and frogs and worms; and he waddled about by moonlight, digging things up.

His clothes were very dirty; and as he slept in the day-time, he always went to bed in his boots. And the bed which he went to bed in, was generally Mr. Tod's.

Now Tommy Brock did occasionally eat rabbit-pie; but it was only very little young ones occasionally, when other food was really scarce.

He was friendly with old Mr. Bouncer; they agreed in disliking the wicked otters and Mr. Tod; they often talked over that painful subject.

Old Mr. Bouncer was stricken in years. He sat in the spring sunshine outside the burrow, in a muffler; smoking a pipe of rabbit tobacco. He lived with his son Benjamin Bunny and his daughter-in-law Flopsy, who had a

Den einen Tag hauste er im Niederwald in einem Stockhaus, wo er die Familie des alten Mr. Benjamin Bouncer in Angst und Schrecken versetzte, am nächsten zog er in eine Kopfweide am See und lehrte die Wildenten und Wasserratten das Fürchten. Im Winter und zu Beginn des Frühjahrs fand man ihn meist in einem Fuchsbau zwischen den Felsen des Oatmeal-Crag-Massivs auf dem Bull-Banks-Berg.

Er besaß ein halbes Dutzend Häuser, doch er hielt sich selten in ihnen auf.

Die Häuser standen trotzdem nicht immer leer, wenn Mr. Todd ausgezogen war; manchmal zog (ohne um Erlaubnis zu fragen) Tommy Brock ein.

Tommy Brock war ein kleiner struppiger Dickwanst mit Watschelgang und einem breiten Grinsen. Und er hatte unangenehme Angewohnheiten. Er fraß Wespennester und Frösche und Würmer; und wenn er im Mondschein herumwatschelte, scharrte er alles Mögliche aus.

Seine Kleider starrten vor Dreck, und da er tagsüber schlief, legte er sich immer mit Stiefeln ins Bett. Und wenn er sich ins Bett legte, dann meistens in Mr. Todds Bett.

Von Zeit zu Zeit aß Tommy Brock Kaninchenpastete, aber nur selten, und dann nur von sehr kleinen jungen Kaninchen und wenn es wirklich nichts anderes zu essen gab.

Er war mit dem alten Mr. Bouncer befreundet. Die beiden waren sich einig in ihrer Abneigung gegen die boshaften Otter und Mr. Todd, und sie redeten oft über das leidige Thema.

Das Alter machte dem betagten Mr. Bouncer zu schaffen. Im Frühlingssonnenschein saß er mit einem Schal vor dem Bau und schmauchte eine Pfeife Hasentabak. Er wohnte bei seinem Sohn Benjamin Bunny und seiner Schwiegertochter

young family. Old Mr. Bouncer was in charge of the family that afternoon, because Benjamin and Flopsy had gone out.

The little rabbit-babies were just old enough to open their blue eyes and kick. They lay in a fluffy bed of rabbit wool and hay, in a shallow burrow, separate from the main rabbit hole. To tell the truth – old Mr. Bouncer had forgotten them. He sat in the sun, and conversed cordially with Tommy Brock, who was passing through the wood with a sack and a little spud which he used for digging, and some mole traps. He complained bitterly about the scarcity of pheasants' eggs, and accused Mr. Tod of poaching them. And the otters had cleared off all the frogs while he was asleep in winter – "I have not had a good square meal for a fortnight, I am living on

Flopsi und deren Kindern. Benjamin und Flopsi waren an jenem Nachmittag unterwegs, und deshalb passte der alte Mr. Bouncer auf den Nachwuchs auf.

Die kleinen Kaninchen waren gerade alt genug, um die blauen Augen zu öffnen und zu strampeln. Sie lagen in ihrem kuscheligen Bett aus Kaninchenwolle und Heu in ihrer eigenen Höhle im Kaninchenbau. Der alte Mr. Bouncer hatte sie – um ehrlich zu sein – völlig vergessen. Er saß in der Sonne und plauderte freundlich mit Tommy Brock, der mit einem Sack und einem kleinen Spaten, den er zum Graben benutzte, durch den Wald streifte. Auch einige Maulwurfsfallen hatte er dabei. Er beklagte sich bitterlich, wie wenig Fasaneneier es gab, und beschuldigte Mr. Todd, sie zu stehlen. Zu allem Übel hatten auch noch die Otter alle Frösche gefressen, während er Winterschlaf hielt! «Ich hatte seit zwei Wochen keine anständige Mahlzeit mehr, ich ernäh-

pig-nuts. I shall have to turn vegetarian and eat my own tail!" said Tommy Brock.

It was not much of a joke, but it tickled old Mr. Bouncer; because Tommy Brock was so fat and stumpy and grinning. So old Mr. Bouncer laughed; and pressed Tommy Brock to come inside, to taste a slice of seed-cake and "a glass of my daughter Flopsy's cowslip wine."

Tommy Brock squeezed himself into the rabbit hole with alacrity.

Then old Mr. Bouncer smoked another pipe, and gave Tommy Brock a cabbage leaf cigar which was so very strong that it made Tommy Brock grin more than ever; and the smoke filled the burrow. Old Mr. Bouncer coughed and laughed; and Tommy Brock puffed and grinned.

And Mr. Bouncer laughed and coughed, and shut his eyes because of the cabbage smoke ...

When Flopsy and Benjamin came back – old Mr. Bouncer woke up. Tommy Brock and all the young rabbit-babies had disappeared!

Mr. Bouncer would not confess that he had admitted anybody into the rabbit hole. But the smell of badger was undeniable; and there were round heavy footmarks in the sand. He was in disgrace; Flopsy wrung her ears, and slapped him.

Benjamin Bunny set off at once after Tommy Brock. There was not much difficulty in tracking him; he had left his foot-mark and gone slowly up the winding footpath through the wood. Here he had rooted up the moss and wood sorrel. There he had dug quite a deep hole for

re mich von Erdkastanien. Bald bin ich Pflanzenfresser und fresse meinen eigenen Schwanz! », spottete Tommy Brock.

Es war kein besonders guter Scherz, aber der alte Mr. Bouncer fand ihn lustig, immerhin stand Tommy Brock kugelrund und stämmig vor ihm und grinste. Und so lachte der alte Mr. Bouncer und drängte Tommy Brock, hereinzukommen, um ein Stück Kümmelkuchen und « ein Glas vom Schlüsselblumenwein meiner Tochter Flopsi » zu kosten.

Tommy Brock zwängte sich eifrig in den Bau.

Mr. Bouncer rauchte noch ein Pfeifchen und spendierte Tommy Brock eine Kohlblattzigarre, die so stark war, dass Tommy Brock noch viel breiter grinsen musste. Der Bau füllte sich mit Qualm. Der alte Mr. Bouncer hustete und lachte, und Tommy Brock paffte und grinste.

Und Mr. Bouncer lachte und hustete und schloss die Augen wegen des Kohlqualms …

Erst als Flopsi und Benjamin zurückkamen, wachte der alte Mr. Bouncer auf. Tommy Brock und die kleinen Kaninchen waren verschwunden!

Mr. Bouncer wollte nicht zugeben, dass er jemanden in den Kaninchenbau gelassen hatte. Aber der Dachsgeruch ließ sich nicht leugnen und im Sand waren runde schwere Fußspuren. Er fiel in Ungnade, Flopsi legte die Ohren an und schlug nach ihm.

Benjamin Bunny machte sich sofort auf die Suche nach Tommy Brock. Es war nicht schwer, ihn zu verfolgen; als er langsam den gewundenen Pfad durch den Wald hinaufgegangen war, hatte er Fußspuren hinterlassen. Hier hatte er das Moos und den Sauerklee aufgewühlt. Dort ein recht tiefes Loch gebuddelt, Taumellolch hineingelegt und eine

dog darnel; and had set a mole trap. A little stream crossed the way. Benjamin skipped lightly over dry-foot; the badger's heavy steps showed plainly in the mud.

The path led to a part of the thicket where the trees had been cleared; there were leafy oak stumps, and a sea of blue hyacinths – but the smell that made Benjamin stop, was not the smell of flowers!

Mr. Tod's stick house was before him and, for once, Mr. Tod was at home.

There was not only a foxey flavour in proof of it – there was smoke coming out of the broken pail that served as a chimney.

Benjamin Bunny sat up, staring; his whiskers twitched. Inside the stick house somebody dropped a plate, and said something. Benjamin stamped his foot, and bolted.

He never stopped till he came to the other side of the wood. Apparently Tommy Brock had turned the same way. Upon the top of the wall, there were again the marks of badger; and some ravellings of a sack had caught on a briar.

Benjamin climbed over the wall, into a meadow. He found another mole trap newly set; he was still upon the track of Tommy Brock. It was getting late in the afternoon. Other rabbits were coming out to enjoy the evening air. One of them in a blue coat by himself, was busily hunting for dandelions.

Maulwurfsfalle aufgestellt. Ein kleiner Bach kreuzte den Weg. Benjamin sprang darüber, ohne sich die Pfoten nass zu machen. Die schweren Schritte des Dachses aber zeichneten sich deutlich im Schlamm ab.

Der Pfad führte zu einer Stelle im Dickicht, wo die Bäume gefällt worden waren. Zwischen den Eichenstümpfen mit den jungen Trieben blühte ein Meer blauer Hyazinthen – doch der Geruch, der Benjamin stehen bleiben ließ, war nicht der Duft der Blumen!

Vor ihm befand sich das Stockhaus von Mr. Todd, und dieser war ausnahmsweise daheim.

Das bewies nicht nur der Fuchsgeruch – es stieg auch Rauch aus dem kaputten Eimer auf, der als Schornstein diente.

Benjamin Bunny setzte sich auf, seine Schnurrhaare zuckten. Im Stockhaus ließ jemand einen Teller fallen und sagte etwas. Benjamin klopfte mit der Pfote und sauste los.

Und hielt erst auf der anderen Seite des Waldes wieder an. Tommy Brock schien denselben Weg eingeschlagen zu haben. Oben auf der Mauer waren wieder Dachsspuren und an einem Dornenbusch hatten sich ein paar Fäden eines Sacks verfangen.

Benjamin kletterte über die Mauer auf eine Wiese. Er entdeckte eine zweite Maulswurfsfalle, gerade erst aufgestellt. Er war Tommy Brock noch immer auf der Spur. Es war bereits später Nachmittag. Andere Kaninchen kamen aus ihren Bauen, um die Abendluft zu genießen. Eines von ihnen trug eine blaue Jacke und sammelte eifrig und ganz allein Löwenzahn.

"Cousin Peter! Peter Rabbit, Peter Rabbit!" shouted Benjamin Bunny.

The blue coated rabbit sat up with pricked ears – "Whatever is the matter, Cousin Benjamin? Is it a cat? or John Stoat Ferret?"

"No, no, no! He's bagged my family – Tommy Brock – in a sack – have you seen him?"

"Tommy Brock? how many, Cousin Benjamin?"

"Seven, Cousin Peter, and all of them twins! Did he come this way? Please tell me quick!"

"Yes, yes; not ten minutes since ... he said they were *caterpillars*; I did think they were kicking rather hard, for caterpillars."

"Which way? which way has he gone, Cousin Peter?"

"He had a sack with something 'live in it; I watched him set a mole trap. Let me use my mind, Cousin Benjamin; tell me from the beginning."

Benjamin did so.

"My Uncle Bouncer has displayed a lamentable want of discretion for his years;" said Peter reflectively, "but there are two hopeful circumstances. Your family is alive and kicking; and Tommy Brock has had refreshment. He will probably go to sleep, and keep them for breakfast."

"Which way?"

"Cousin Benjamin, compose yourself. I know very well which way. Because Mr. Tod was at home in the stick-house he has gone to Mr. Tod's other house, at the top of Bull Banks. I partly know, because he offered to leave any message at Sister Cotton-tail's; he said he

« Vetter Peter ! Peter Rabbit, Peter Rabbit ! », rief Benjamin Bunny.

Das Kaninchen im blauen Jäckchen setzte sich auf und spitzte die Ohren –« Was ist denn, Vetter Benjamin? Eine Katze? Oder John Stoat Ferret, das Frettchen? »

« Nein, nein, nein ! Er hat sich meine Familie geschnappt – Tommy Brock – in einem Sack – hast du ihn gesehen? »

« Tommy Brock? Wie viele, Vetter Benjamin? »

« Sieben, Vetter Peter, und lauter Zwillinge ! Ist er hier vorbeigekommen? Sag es mir schnell, bitte ! »

« Ja, ja, vor nicht einmal zehn Minuten … Er behauptete, es seien *Raupen*; und ich dachte noch : Für Raupen zappeln die aber ganz schön. »

« Wohin? Wohin ist er gegangen, Vetter Peter? »

« In seinem Sack war etwas Lebendiges; ich habe beobachtet, wie er eine Maulwurfsfalle aufgestellt hat. Lass mich überlegen, Vetter Benjamin, erzähle mir alles der Reihe nach. »

Und Benjamin erzählte.

« Mein Onkel Bouncer hat für sein Alter einen beklagenswerten Mangel an Weitsicht bewiesen », sagte Peter nachdenklich, « doch zwei Punkte lassen hoffen. Deine Familie ist gesund und munter, und Tommy Brock hatte einen Imbiss. Vielleicht geht er schlafen und hebt sie sich fürs Frühstück auf. »

« Wohin? »

« Vetter Benjamin, beruhige dich. Ich weiß ganz genau, wohin. Weil Mr. Todd in seinem Stockhaus war, ist er zu dessen anderem Haus oben auf dem Bull-Banks-Berg gegangen. Das weiß ich, weil er mir angeboten hat, Schwester Püschel eine Nachricht zu überbringen; er sagte, er käme sowieso dort

would be passing." (Cotton-tail had married a black rabbit, and gone to live on the hill).

Peter hid his dandelions, and accompanied the afflicted parent, who was all of a twitter. They crossed several fields and began to climb the hill; the tracks of Tommy Brock were plainly to be seen. He seemed to have put down the sack every dozen yards, to rest.

"He must be very puffed; we are close behind him, by the scent. What a nasty person!" said Peter.

The sunshine was still warm and slanting on the hill pastures. Half way up, Cotton-tail was sitting in her doorway, with four or five half-grown little rabbits playing about her; one black and the others brown.

Cotton-tail had seen Tommy Brock passing in the distance. Asked whether her husband was at home she replied that Tommy Brock had rested twice while she watched him.

He had nodded, and pointed to the sack, and seemed doubled up with laughing.

"Come away, Peter; he will be cooking them; come quicker!" said Benjamin Bunny.

They climbed up and up.

"He was at home; I saw his black ears peeping out of the hole."

"They live too near the rocks to quarrel with their neighbours. Come on, Cousin Benjamin!"

When they came near the wood at the top of Bull Banks, they went cautiously. The trees grew amongst

vorbei.» (Püschel hatte ein schwarzes Kaninchen geheiratet und lebte nun auf dem Berg.)

Peter versteckte seinen Löwenzahn und begleitete den bedrückten, am ganzen Leib zitternden Vater. Sie überquerten mehrere Felder und stiegen den Berg hinauf. Die Spuren von Tommy Brock waren deutlich zu erkennen. So wie es aussah, hatte er den Sack alle paar Meter abgestellt, um sich auszuruhen.

«Er scheint mächtig außer Puste zu sein; aber dem Gestank nach sind wir ihm dicht auf den Fersen. Was für ein widerlicher Kerl!», sagte Peter.

Die Sonne schien noch warm und fiel schräg auf die Bergwiesen. Auf halbem Weg saß Püschel auf ihrer Türschwelle, um sie herum tobten vier oder fünf halb ausgewachsene Kaninchen. Eines war schwarz, die anderen braun.

Püschel hatte Tommy Brock in der Ferne vorbeilaufen gesehen. Auf die Frage, ob ihr Mann zu Hause sei, antwortete sie ausweichend, Tommy Brock habe zweimal Rast gemacht, während sie ihn beobachtete.

Er habe ihr zugenickt und auf den Sack gedeutet und sich dabei vor Lachen gebogen. «Komm, Peter; er wird sie in den Topf stecken, komm schneller!», drängte Benjamin Bunny.

Sie kletterten höher und höher.

«Ihr Mann war zu Hause, ich habe seine schwarzen Ohren aus dem Bau herausstehen sehen.»

«Sie wohnen zu nah bei den Felsen, um sich mit ihren Nachbarn zu streiten. Komm schon, Vetter Benjamin!»

Als sie sich dem Wald auf dem Bull-Banks-Berg näherten, wurden sie vorsichtiger. Zwischen den aufeinander-

heaped up rocks; and there, beneath a crag – Mr. Tod had made one of his homes. It was at the top of a steep bank; the rocks and bushes overhung it. The rabbits crept up carefully, listening and peeping.

This house was something between a cave, a prison, and a tumbledown pig-stye. There was a strong door, which was shut and locked.

The setting sun made the window panes glow like red flame; but the kitchen fire was not alight. It was neatly laid with dry sticks, as the rabbits could see, when they peeped through the window.

Benjamin sighed with relief.

But there were preparations upon the kitchen table which made him shudder. There was an immense

getürmten Gesteinsbrocken wuchsen Bäume; und dort, unter einer Felsspitze – hatte sich Mr. Todd ganz oben am steilen Abhang zwischen Felsen und Büschen ein Haus gebaut. Die Kaninchen schlichen vorsichtig hinauf und sahen sich mit gespitzten Ohren um.

Das Haus war irgendetwas zwischen Höhle, Gefängnis und baufälligem Schweinestall. Die schwere Tür war geschlossen und verriegelt.

Die untergehende Sonne ließ die Fensterscheiben feuerrot glühen, aber im Herd brannte kein Feuer. Als die Kaninchen durchs Fenster spähten, sahen sie nur ordentlich aufeinandergeschichtete trockene Zweige.

Benjamin stieß einen erleichterten Seufzer aus.

Was auf dem Küchentisch bereitlag, ließ ihn allerdings erschaudern. Neben einer riesigen leeren blau bemalten

empty pie-dish of blue willow pattern, and a large carving knife and fork, and a chopper.

At the other end of the table was a partly unfolded tablecloth, a plate, a tumbler, a knife and fork, salt-cellar, mustard and a chair – in short, preparations for one person's supper.

No person was to be seen, and no young rabbits. The kitchen was empty and silent; the clock had run down. Peter and Benjamin flattened their noses against the window, and stared into the dusk. Then they scrambled round the rocks to the other side of the house. It was damp and smelly, and overgrown with thorns and briars. The rabbits shivered in their shoes.

"Oh my poor rabbit babies! What a dreadful place; I shall never see them again!" sighed Benjamin.

They crept up to the bedroom window. It was closed and bolted like the kitchen. But there were signs that this window had been recently open; the cobwebs were disturbed, and there were fresh dirty footmarks upon the window-sill.

The room inside was so dark, that at first they could make out nothing; but they could hear a noise – a slow deep regular snoring grunt. And as their eyes became accustomed to the darkness, they perceived that somebody was asleep on Mr. Tod's bed, curled up under the blanket.

"He has gone to bed in his boots," whispered Peter.

Benjamin, who was all of a twitter, pulled Peter off the window-sill.

Pastetenform mit chinesischem Motiv lagen ein großes Tranchiermesser, eine Vorlegegabel und ein Hackmesser.

Am anderen Ende des Tisches war vor einem Stuhl eine Tischdecke halb auseinandergefaltet, darauf standen ein Teller, ein Glas, Messer und Gabel, ein Salzstreuer, Senf – kurz gesagt: dort hatte jemand für sein Abendessen gedeckt.

Niemand war zu sehen, auch keine jungen Kaninchen. Die Küche war leer und still, die Uhr stehen geblieben. Peter und Benjamin drückten sich die Nasen am Fenster platt und starrten ins Dunkel. Nach einer Weile kletterten sie um die Felsen herum auf die andere Seite des Hauses. Dort war es feucht und muffig und überall wucherte Dornengestrüpp. Die Kaninchen bekamen kalte Füße in ihren Schuhen.

« Oh, meine armen kleinen Kaninchenkinder! Was für ein entsetzlicher Ort; ich werde sie nie wiedersehen! », seufzte Benjamin.

Sie schlichen sich ans Schlafzimmerfenster. Wie in der Küche war es geschlossen und verriegelt. Aber es gab Anzeichen, dass dieses Fenster vor Kurzem noch offen gestanden hatte; die Spinnweben waren zerrissen, und auf dem Fensterbrett sah man frische schmutzige Fußspuren.

Im Zimmer war es so dunkel, dass sie zunächst nichts erkennen konnten; dafür hörten sie ein Geräusch – ein langsames, tiefes, gleichmäßiges, schnarchendes Grunzen. Als sich ihre Augen an die Dunkelheit gewöhnt hatten, sahen sie jemanden unter einer Decke zusammengerollt in Mr. Todds Bett schlafen.

« Er schläft mit Stiefeln », flüsterte Peter.

Benjamin zitterte am ganzen Körper und zog Peter vom Fensterbrett weg.

Tommy Brock's snores continued, grunty and regular from Mr. Tod's bed. Nothing could be seen of the young family.

The sun had set; an owl began to hoot in the wood. There were many unpleasant things lying about, that had much better have been buried; rabbit bones and skulls, and chickens' legs and other horrors. It was a shocking place, and very dark.

They went back to the front of the house, and tried in every way to move the bolt of the kitchen window. They tried to push up a rusty nail between the window sashes; but it was of no use, especially without a light.

They sat side by side outside the window, whispering and listening.

In half an hour the moon rose over the wood. It shone full and clear and cold, upon the house amongst the rocks, and in at the kitchen window. But alas, no little rabbit babies were to be seen!

The moonbeams twinkled on the carving knife and the pie dish, and made a path of brightness across the dirty floor. The light showed a little door in a wall beside the kitchen fireplace – a little iron door belonging to a brick oven, of that old-fashioned sort that used to be heated with faggots of wood.

And presently at the same moment Peter and Benjamin noticed that whenever they shook the window – the little door opposite shook in answer. The young family were alive; shut up in the oven!

Benjamin was so excited that it was a mercy he did

Aus Mr. Todds Bett kam weiter Tommy Brocks grunzendes, gleichmäßiges Schnarchen. Die Kaninchenkinder waren nirgends zu sehen.

Die Sonne war untergegangen; im Wald begann eine Eule zu schreien. Es lagen viele eklige Dinge dort herum, die besser vergraben worden wären; Kaninchenknochen und Schädel, Hühnerbeine und andere Gräuel. Es war ein abscheulicher Ort, und es war finster dort.

Sie liefen zur Vorderseite des Hauses zurück und probierten alles Mögliche, um den Riegel am Küchenfenster zu bewegen. Sogar einen rostigen Nagel versuchten sie zwischen die Fensterflügel zu schieben, aber es war zwecklos, vor allem ohne eine Lampe.

Sie setzten sich nebeneinander vor das Fenster und flüsterten und lauschten.

Eine halbe Stunde später ging der Mond über dem Wald auf. Er schien voll und klar und kalt auf das Haus zwischen den Felsen und leuchtete ins Küchenfenster. Doch ach, die Kaninchenkinder waren immer noch nicht zu sehen!

Die Mondstrahlen funkelten auf dem Tranchiermesser und der Pastetenform und zeichneten einen hellen Pfad auf den schmutzigen Boden. Das Licht fiel auf eine kleine Tür in der Wand neben dem Küchenherd – eine kleine Eisentür. Sie gehörte zu einem der altmodischen Ziegelöfen, die früher mit Reisigbündeln geheizt wurden.

Dann fiel Peter und Benjamin im selben Moment auf, dass an der Tür gegenüber gerüttelt wurde, sobald sie am Fenster rüttelten. Die Kaninchenkinder lebten also und waren im Ofen eingesperrt!

Man konnte von Glück sagen, dass Benjamin Bunny

not awake Tommy Brock, whose snores continued solemnly in Mr. Tod's bed.

But there really was not very much comfort in the discovery. They could not open the window; and although the young family was alive – the little rabbits were quite incapable of letting themselves out; they were not old enough to crawl.

After much whispering, Peter and Benjamin decided to dig a tunnel. They began to burrow a yard or two lower down the bank. They hoped that they might be able to work between the large stones under the house; the kitchen floor was so dirty that it was impossible to say whether it was made of earth or flags.

They dug and dug for hours. They could not tunnel straight on account of stones; but by the end of the night they were under the kitchen floor. Benjamin was on his back, scratching upwards. Peter's claws were worn down; he was outside the tunnel, shuffling sand away. He called out that it was morning – sunrise; and that the jays were making a noise down below in the woods.

Benjamin Bunny came out of the dark tunnel, shaking the sand from his ears; he cleaned his face with his paws. Every minute the sun shone warmer on the top of the hill. In the valley there was a sea of white mist, with golden tops of trees showing through.

Again from the fields down below in the mist there came the angry cry of a jay – followed by the sharp yelping bark of a fox! Then those two rabbits lost their heads completely. They did the most foolish thing that

nicht Tommy Brock aufweckte, der andächtig in Mr. Todds Bett vor sich hin schnarchte.

Leider war ihre Entdeckung kein echter Trost, denn sie bekamen das Fenster nicht auf. Und die Kaninchenkinder waren zwar am Leben, aber sie konnten sich nicht selbst befreien. Sie waren ja nicht einmal alt genug, um zu krabbeln.

Nach ausgiebigem Geflüster beschlossen Peter und Benjamin, einen Tunnel zu graben. Ein oder zwei Meter den Hang hinunter begannen sie zu scharren. Sie hofften, es zwischen den großen Felsen hindurch unter das Haus zu schaffen. Ob der Küchenboden aus Erde oder Steinfliesen bestand, ließ sich nicht sagen, dazu war er zu schmutzig.

Sie gruben Stunde um Stunde. Wegen der Felsen konnten sie keinen geraden Tunnel graben, doch gegen Morgen waren sie unter dem Küchenboden angelangt. Benjamin lag auf dem Rücken und kratzte sich nach oben durch. Peters Krallen waren schon stumpf, er stand draußen vor dem Tunnel und schaffte den Sand beiseite. Er rief, dass es Morgen sei – Sonnenaufgang, und die Eichelhäher unten im Wald zeterten.

Benjamin Bunny kam aus dem dunklen Tunnel heraus. Er schüttelte den Sand aus den Ohren und wischte sich mit den Pfoten das Gesicht ab. Die Sonne schien mit jeder Minute wärmer auf den Berggipfel. Aus dem weißen Nebelmeer über dem Tal ragten goldene Baumkronen.

Und wieder war unten im Nebel der wütende Schrei eines Eichelhähers von den Feldern zu hören – gefolgt vom scharfen Bellen eines Fuchses! Die beiden Kaninchen verloren völlig die Nerven und taten das Dümmste, was sie tun

they could have done. They rushed into their short new tunnel, and hid themselves at the top end of it, under Mr. Tod's kitchen floor.

Mr. Tod was coming up Bull Banks, and he was in the very worst of tempers. First he had been upset by breaking the plate. It was his own fault; but it was a china plate, the last of the dinner service that had belonged to his grandmother, old Vixen Tod. Then the midges had been very bad. And he had failed to catch a hen pheasant on her nest; and it had contained only five eggs, two of them addled. Mr. Tod had had an unsatisfactory night.

As usual, when out of humour, he determined to move house. First he tried the pollard willow, but it was damp; and the otters had left a dead fish near it. Mr. Tod likes nobody's leavings but his own.

He made his way up the hill; his temper was not improved by noticing unmistakable marks of badger. No one else grubs up the moss so wantonly as Tommy Brock.

Mr. Tod slapped his stick upon the earth and fumed; he guessed where Tommy Brock had gone to. He was further annoyed by the jay bird which followed him persistently. It flew from tree to tree and scolded, warning every rabbit within hearing that either a cat or a fox was coming up the plantation. Once when it flew screaming over his head – Mr. Tod snapped at it, and barked.

He approached his house very carefully, with a large rusty key. He sniffed and his whiskers bris-

konnten: Sie huschten in ihren kurzen neuen Tunnel und versteckten sich am oberen Ende unter Mr. Todds Küchenfußboden.

Mr. Todd kam mit ausgesprochen miserabler Laune den Bull-Banks-Berg herauf. Erst hatte er sich über den zerbrochenen Teller geärgert. Es war seine Schuld; aber es war ein echter Porzellanteller gewesen, der letzte aus dem Tafelservice seiner Großmutter, der alten Füchsin Todd. Danach hatten ihn die Mücken gepiesakt. Und eine Fasanenhenne war ihm entwischt, und in dem Nest hatten nur fünf Eier gelegen, zwei davon faul. Mr. Todd hatte eine höchst unbefriedigende Nacht hinter sich.

Wie immer, wenn er schlecht gelaunt war, beschloss er umzuziehen. Zunächst ging er zu der Kopfweide, doch sie war feucht; zudem hatten die Otter einen toten Fisch dort liegen lassen. Mr. Todd duldet keinen Müll außer seinem eigenen.

Als er weiter bergauf stieg, trugen die unübersehbaren Spuren des Dachses nicht dazu bei, seine Laune zu bessern. Niemand sonst scharrt das Moos so mutwillig auf wie Tommy Brock.

Mr. Todd schlug wütend seinen Stock auf die Erde; ihm schwante schon, wo Tommy Brock hingegangen war. Außerdem ärgerte er sich über den Eichelhäher, der ihm hartnäckig folgte. Er flatterte schimpfend von Baum zu Baum und warnte jedes Kaninchen in Hörweite, wenn eine Katze oder ein Fuchs die Schonung hinaufkam. Einmal flog er kreischend über Mr. Todds Kopf – der nach ihm schnappte und bellte.

Mit einem großen verrosteten Schlüssel in der Hand näherte sich Mr. Todd vorsichtig seinem Haus. Als er schnüf-

tled. The house was locked up, but Mr. Tod had his doubts whether it was empty. He turned the rusty key in the lock; the rabbits below could hear it. Mr. Tod opened the door cautiously and went in.

The sight that met Mr. Tod's eyes in Mr. Tod's kitchen made Mr. Tod furious. There was Mr. Tod's chair, and Mr. Tod's pie dish, and his knife and fork and mustard and salt cellar and his tablecloth that he had left folded up in the dresser – all set out for supper (or breakfast) – without doubt for that odious Tommy Brock.

There was a smell of fresh earth and dirty badger, which fortunately overpowered all smell of rabbit.

But what absorbed Mr. Tod's attention was a noise – a deep slow regular snoring grunting noise, coming from his own bed.

felte, sträubten sich seine Barthaare. Das Haus war abgeschlossen, aber Mr. Todd bezweifelte, dass es leer war. Die Kaninchen unter der Erde hörten, wie er den verrosteten Schlüssel im Schloss umdrehte. Dann öffnete Mr. Todd behutsam die Tür und trat ins Haus.

Was Mr. Todds Augen in Mr. Todds Küche zu sehen bekamen, machte Mr. Todd fuchsteufelswild. Da standen doch tatsächlich Mr. Todds Stuhl und Mr. Todds Pastetenform sowie Messer und Gabel und Senf und Salzstreuer auf seiner Tischdecke, die er zusammengefaltet in der Anrichte zurückgelassen hatte! Es war fürs Abendessen (oder Frühstück) gedeckt – und zwar bestimmt für den verhassten Tommy Brock.

Der Geruch nach frischer Erde und schmutzigem Dachs überdeckte zum Glück jeden Kaninchengeruch.

Mr. Todds Aufmerksamkeit galt jedoch vor allem einem Geräusch – einem tiefen ruhigen, regelmäßigen, schnarchenden Grunzen, das aus seinem Bett kam.

He peeped through the hinges of the half-open bedroom door. Then he turned and came out of the house in a hurry. His whiskers bristled and his coat-collar stood on end with rage.

For the next twenty minutes Mr. Tod kept creeping cautiously into the house, and retreating hurriedly out again. By degrees he ventured further in – right into the bedroom. When he was outside the house, he scratched up the earth with fury. But when he was inside – he did not like the look of Tommy Brock's teeth. He was lying on his back with his mouth open, grinning from ear to ear. He snored peacefully and regularly; but one eye was not perfectly shut.

Mr. Tod came in and out of the bedroom. Twice he brought in his walking-stick, and once he brought in the coal-scuttle. But he thought better of it, and took them away.

When he came back after removing the coal-scuttle, Tommy Brock was lying a little more sideways; but he seemed even sounder asleep. He was an incurably indolent person; he was not in the least afraid of Mr. Tod; he was simply too lazy and comfortable to move.

Mr. Tod came back yet again into the bedroom with a clothes line. He stood a minute watching Tommy Brock and listening attentively to the snores. They were very loud indeed, but seemed quite natural.

Mr. Tod turned his back towards the bed, and undid the window. It creaked; he turned round with a jump. Tommy Brock, who had opened one eye – shut it hastily. The snores continued.

Er spähte durch die Angeln der halb offenen Schlafzimmertür, dann machte er kehrt und stürzte aus dem Haus. Er war so wütend, dass seine Barthaare bebten und sich sein Nackenfell aufstellte.

Die nächsten zwanzig Minuten schlich Mr. Todd immer wieder vorsichtig ins Haus, zog sich aber jedes Mal eilig zurück. Schließlich wagte er sich Schritt für Schritt weiter hinein – bis ins Schlafzimmer. Sobald er wieder draußen war, scharrte er vor Wut die Erde auf. Doch im Haus wurde ihm beim Anblick von Tommy Brocks Zähnen ganz anders. Der Dachs lag mit offenem Mund auf dem Rücken und grinste von einem Ohr zum anderen. Obwohl er friedlich und gleichmäßig schnarchte, war ein Auge nicht ganz geschlossen.

Mr. Todd ging ins Schlafzimmer hinein, dann wieder hinaus. Zweimal hatte er seinen Spazierstock dabei, einmal sogar die Kohlenschütte. Doch dann überlegte er es sich anders und nahm sie wieder mit.

Als er ohne die Kohlenschütte zurückkehrte, hatte sich Tommy Brock leicht auf die Seite gedreht, schien aber sogar noch tiefer zu schlafen. Er war ein unverbesserlich träges Geschöpf, hatte nicht die geringste Angst vor Mr. Todd. Der Dachs war schlicht zu faul und bequem, um sich zu rühren.

Das nächste Mal kam Mr. Todd mit einer Wäscheleine ins Schlafzimmer. Er beobachtete Tommy Brock kurz und lauschte aufmerksam seinem Schnarchen. Trotz der Lautstärke hörte es sich ganz natürlich an.

Mr. Todd wandte sich vom Bett ab und öffnete das Fenster. Es knarrte und er drehte sich erschrocken um. Tommy Brock, der ein Auge geöffnet hatte – schloss es hastig. Das Schnarchen ging weiter.

Mr. Tod's proceedings were peculiar, and rather uneasy, (because the bed was between the window and the door of the bedroom). He opened the window a little way, and pushed out the greater part of the clothes line on to the window sill. The rest of the line, with a hook at the end, remained in his hand.

Tommy Brock snored conscientiously. Mr. Tod stood and looked at him for a minute; then he left the room again.

Tommy Brock opened both eyes, and looked at the rope and grinned. There was a noise outside the window. Tommy Brock shut his eyes in a hurry.

Mr. Tod had gone out at the front door, and round to the back of the house. On the way, he stumbled over the rabbit burrow. If he had had any idea who was inside it, he would have pulled them out quickly. His foot went through the tunnel nearly upon the top of Peter Rabbit and Benjamin, but fortunately he thought that it was some more of Tommy Brock's work.

He took up the coil of line from the sill, listened for a moment, and then tied the rope to a tree.

Tommy Brock watched him with one eye, through the window. He was puzzled.

Mr. Tod fetched a large heavy pailful of water from the spring, and staggered with it through the kitchen into his bedroom.

Tommy Brock snored industriously, with rather a snort.

Mr. Tod put down the pail beside the bed, took up the end of rope with the hook – hesitated, and looked

Was Mr. Todds als Nächstes tat, war seltsam und auch ihm nicht ganz geheuer (weil das Bett zwischen Fenster und Schlafzimmertür stand). Er öffnete das Fenster einen Spalt und schob den längeren Teil der Wäscheleine aufs Fensterbrett. Das restliche Seil mit dem Haken am Ende behielt er in der Hand.

Tommy Brock schnarchte gewissenhaft weiter. Mr. Todd beobachtete ihn noch einmal kurz, bevor er das Zimmer wieder verließ.

Tommy Brock öffnete beide Augen. Als er das Seil sah, grinste er. Vor dem Fenster raschelte es. Eiligst schloss er die Augen.

Mr. Todd war zur Haustür hinaus und auf die Rückseite des Hauses gelaufen. Unterwegs stolperte er über das Loch der Kaninchen. Hätte er geahnt, wer sich darin versteckte, hätte er sie bestimmt schnell herausgezogen. Als sein Fuß in den Tunnel trat, hätte er fast Peter Rabbit und Benjamin getroffen, doch zum Glück hielt er auch das Loch für das Werk von Tommy Brock.

Er nahm das zusammengerollte Seil von der Fensterbank, lauschte einen Moment, dann band er es um einen Baum.

Tommy Brock beobachtete ihn mit einem Auge durch das Fenster. Er war verdutzt.

Mr. Todd schöpfte einen großen schweren Eimer Wasser aus dem Brunnen und schwankte damit durch die Küche ins Schlafzimmer.

Tommy Brock schnarchte fleißig. Das Geschnaufe konnte sich hören lassen.

Mr. Todd stellte den Eimer neben das Bett, nahm das Seilende mit dem Haken – zögerte – und musterte Tommy

at Tommy Brock. The snores were almost apoplectic; but the grin was not quite so big.

Mr. Tod gingerly mounted a chair by the head of the bedstead. His legs were dangerously near to Tommy Brock's teeth. He reached up and put the end of rope, with the hook, over the head of the tester bed, where the curtains ought to hang. (Mr. Tod's curtains were folded up, and put away, owing to the house being unoccupied. So was the counterpane. Tommy Brock was covered with a blanket only.) Mr. Tod standing on the unsteady chair looked down upon him attentively; he really was a first prize sound sleeper! It seemed as though nothing would waken him – not even the flapping rope across the bed.

Mr. Tod descended safely from the chair, and endeavoured to get up again with the pail of water. He intended to hang it from the hook, dangling over the head of Tommy Brock, in order to make a sort of shower-bath, worked by a string, through the window.

But naturally being a thin-legged person (though vindictive and sandy whiskered) – he was quite unable to lift the heavy weight to the level of the hook and rope. He very nearly overbalanced himself.

The snores became more and more apoplectic. One of Tommy Brock's hind legs twitched under the blanket, but still he slept on peacefully.

Mr. Tod and the pail descended from the chair without accident. After considerable thought, he emptied the water into a wash-basin and jug.

Brock. Die Schnarcher klangen beinahe wütend und das Grinsen war nicht mehr ganz so breit.

Mr. Todd stieg behutsam auf einen Stuhl am Kopfende des Bettes. Seine Beine waren Tommy Brocks Zähnen gefährlich nahe. Er befestigte das Seilende mit dem Haken an der Stange des Baldachins, wo sonst die Vorhänge hingen. (Mr. Todd faltete seine Vorhänge zusammen und räumte sie weg, wenn das Haus unbewohnt war. Ebenso das Federbett. Tommy Brock lag bloß unter einer Wolldecke.) Mr. Todd blickte von dem wackeligen Stuhl aufmerksam zu ihm herunter; der Dachs war wirklich ein Weltmeister im Tiefschlaf. Nichts schien ihn aufwecken zu können – nicht einmal das schwingende Seil über dem Bett.

Mr. Todd kletterte wohlbehalten vom Stuhl herunter. Danach wollte er mit dem Wassereimer wieder hinaufsteigen, um ihn über Tommy Brocks Kopf an den Haken zu hängen. Der baumelnde Eimer sollte dem Dachs eine kalte Dusche verpassen, wenn man an dem Seil durchs Fenster zog.

Doch mit seinen von Natur aus dünnen Beinen gelang es ihm nicht, das Gewicht auf die Höhe des Hakens und des Seils zu stemmen (trotz Rachegelüsten und rötlich-gelben Barthaaren). Um Haaresbreite hätte er das Gleichgewicht verloren.

Die Schnarchgeräusche wurden immer wütender. Eines von Tommy Brocks Hinterbeinen zuckte unter der Decke, doch er schlief ruhig weiter.

Mr. Todd und der Eimer stiegen ohne Zwischenfälle vom Stuhl. Nach ausgiebigem Nachdenken leerte er das Wasser in eine Waschschüssel und einen Krug.

The empty pail was not too heavy for him; he slung it up wobbling over the head of Tommy Brock.

Surely there never was such a sleeper! Mr. Tod got up and down, down and up on the chair. As he could not lift the whole pailful of water at once, he fetched a milk jug, and ladled quarts of water into the pail by degrees. The pail got fuller and fuller, and swung like a pendulum. Occasionally a drop splashed over; but still Tommy Brock snored regularly and never moved – except one eye.

At last Mr. Tod's preparations were complete. The pail was full of water; the rope was tightly strained over the top of the bed, and across the window sill to the tree outside.

"It will make a great mess in my bedroom; but I could never sleep in that bed again without a spring cleaning of some sort," said Mr. Tod.

Mr. Tod took a last look at the badger and softly left the room. He went out of the house, shutting the front door. The rabbits heard his footsteps over the tunnel. He ran round behind the house, intending to undo the rope in order to let fall the pailful of water upon Tommy Brock – "I will wake him up with an unpleasant surprise," said Mr. Tod.

The moment he had gone, Tommy Brock got up in a hurry; he rolled Mr. Tod's dressing-gown into a bundle, put it into the bed beneath the pail of water instead of himself, and left the room also – grinning immensely. He went into the kitchen, lighted the fire

Leer war der Eimer nicht mehr zu schwer für ihn, er hängte ihn über den Kopf von Tommy Brock, wo er hin und her schaukelte.

So einen Schläfer hatte die Welt wahrhaftig noch nicht gesehen! Mr. Todd stieg den Stuhl hinauf und hinunter, hinunter und hinauf. Da er den Eimer Wasser nicht auf einmal hochheben konnte, nahm er einen Milchkrug und schöpfte das Wasser Quart um Quart in den Eimer. Dieser wurde immer voller und schwang wie ein Pendel hin und her. Von Zeit zu Zeit fiel ein Tropfen herunter, doch Tommy Brock schnarchte unbeirrt weiter und rührte sich nicht – nur ein Auge blinzelte.

Schließlich hatte Mr. Todd seine Vorbereitungen abgeschlossen. Der Eimer war mit Wasser gefüllt; das Seil war straff über Bett und Fensterbank bis zu dem Baum draußen gespannt.

« Es wird eine Riesenüberschwemmung in meinem Schlafzimmer geben, aber ohne eine Art Frühjahrsputz könnte ich sowieso nie wieder in diesem Bett schlafen », knurrte Mr. Todd.

Nach einem letzten Blick auf den Dachs schlich Mr. Todd aus dem Zimmer. Er verließ das Haus und schloss die Tür. Die Kaninchen im Tunnel hörten seine Schritte. Er rannte hinters Haus und wollte gerade das Seil losbinden und den Eimer mit Wasser auf Tommy Brock fallen lassen – « Den werde ich mit einer bösen Überraschung wecken », frohlockte Mr. Todd.

Kaum hatte jedoch Mr. Todd das Zimmer verlassen, war Tommy Brock eilig aufgesprungen, hatte dessen Morgenmantel zusammengerollt und an seiner Stelle unter den Eimer Wasser ins Bett gelegt. Danach verließ er – breit grinsend – ebenfalls den Raum. Er ging in die Küche, zündete das Feuer an

and boiled the kettle; for the moment he did not trouble himself to cook the baby rabbits.

When Mr. Tod got to the tree, he found that the weight and strain had dragged the knot so tight that it was past untying. He was obliged to gnaw it with his teeth. He chewed and gnawed for more than twenty minutes. At last the rope gave way with such a sudden jerk that it nearly pulled his teeth out, and quite knocked him over backwards.

Inside the house there was a great crash and splash, and the noise of a pail rolling over and over. But no screams. Mr. Tod was mystified; he sat quite still, and listened attentively. Then he peeped in at the window. The water was dripping from the bed, the pail had rolled into a corner.

und setzte den Kessel auf. Noch wollte er sich nicht die Mühe machen, die Kaninchenkinder zu kochen.

Als Mr. Todd vor dem Baum stand, musste er feststellen, dass er den Knoten nicht mehr aufbinden konnte. Das Gewicht hatte ihn festgezurrt. Er musste ihn mit den Zähnen zernagen. Er kaute und nagte über zwanzig Minuten. Endlich gab das Seil mit einem so plötzlichen Ruck nach, dass es ihm fast die Zähne zog und ihn nach hinten schleuderte.

Im Haus waren ein lauter Schlag und ein Platschen zu hören, außerdem das Poltern eines Eimers, der durch das Zimmer rollte. Aber keine Schreie. Mr. Todd war verblüfft; er rührte sich nicht und lauschte aufmerksam. Dann spähte er durchs Fenster. Vom Bett tropfte Wasser, der Eimer war in eine Ecke gekullert.

In the middle of the bed under the blanket, was a wet flattened something – much dinged in, in the middle where the pail had caught it (as it were across the tummy). Its head was covered by the wet blanket and it was not snoring any longer.

There was nothing stirring, and no sound except the drip, drop, drop drip of water trickling from the mattress.

Mr. Tod watched it for half an hour; his eyes glistened. Then he cut a caper, and became so bold that he even tapped at the window; but the bundle never moved. Yes – there was no doubt about it – it had turned out even better than he had planned; the pail had hit poor old Tommy Brock, and killed him dead!

"I will bury that nasty person in the hole which he has dug. I will bring my bedding out, and dry it in the sun," said Mr. Tod. "I will wash the tablecloth and spread it on the grass in the sun to bleach. And the blanket must be hung up in the wind; and the bed must be thoroughly disinfected, and aired with a warming-pan; and warmed with a hot-water bottle. I will get soft soap, and monkey soap, and all sorts of soap; and soda and scrubbing brushes; and persian powder; and carbolic to remove the smell. I must have a disinfecting. Perhaps I may have to burn sulphur."

He hurried round the house to get a shovel from the kitchen – "First I will arrange the hole – then I will drag out that person in the blanket ..."

In der Mitte des Betts lag ein nasses, platt gedrücktes Etwas unter der Decke – an der Stelle, wo der Eimer zugeschlagen hatte, war eine ziemliche Delle (Schlag in die Magengrube sozusagen). Der Kopf unter der nassen Decke schnarchte nicht mehr.

Nichts rührte sich, und bis auf das Plitsch, Platsch, Platsch Plitsch des Wassers, das aus der Matratze tropfte, war kein Laut zu hören.

Mr. Todd schaute sich das Ganze eine halbe Stunde mit funkelnden Augen an. Dann machte er einen Freudensprung und klopfte sogar unerschrocken ans Fenster. Doch das Bündel rührte sich nicht. Ja – es bestand kein Zweifel – es war sogar noch besser gelaufen, als er geplant hatte! Der Eimer hatte den armen alten Tommy Brock getroffen und ihn erschlagen!

«Ich werde diesen widerlichen Kerl in dem Loch begraben, das er gescharrt hat. Und mein Bettzeug werde ich draußen in der Sonne trocknen», sagte Mr. Todd. «Die Tischdecke werde ich waschen und zum Bleichen in der Sonne ausbreiten. Und die Decke muss in den Wind gehängt werden; und das Bett muss gründlich desinfiziert und mit einem Bettwärmer gelüftet und dann mit einer Wärmflasche getrocknet werden. Ich werde Schmierseife besorgen und Kernseife und alle möglichen Sorten Seife; und Waschsoda und Scheuerbürsten und persisches Insektenpulver und Phenol, damit der Gestank herausgeht. Alles muss desinfiziert werden. Vielleicht sollte ich Schwefel verbrennen.»

Er eilte ums Haus, um eine Schaufel aus der Küche zu holen – «Zuerst werde ich mich um das Loch kümmern – danach schleife ich den Kerl in der Decke heraus …»

He opened the door …

Tommy Brock was sitting at Mr. Tod's kitchen table, pouring out tea from Mr. Tod's tea-pot into Mr. Tod's tea-cup. He was quite dry himself and grinning; and he threw the cup of scalding tea all over Mr. Tod.

Then Mr. Tod rushed upon Tommy Brock, and Tommy Brock grappled with Mr. Tod amongst the broken crockery, and there was a terrific battle all over the kitchen.

To the rabbits underneath it sounded as if the floor would give way at each crash of falling furniture. They crept out of their tunnel, and hung about amongst the rocks and bushes, listening anxiously.

Inside the house the racket was fearful. The rabbit-babies in the oven woke up trembling; perhaps it was fortunate they were shut up inside.

Everything was upset except the kitchen table. And everything was broken, except the mantelpiece and the kitchen fender. The crockery was smashed to atoms. The chairs were broken, and the window, and the clock fell with a crash, and there were handfuls of Mr. Tod's sandy whiskers.

The vases fell off the mantelpiece, the canisters fell off the shelf; the kettle fell off the hob. Tommy Brock put his foot in a jar of raspberry jam. And the boiling water out of the kettle fell upon the tail of Mr. Tod.

When the kettle fell, Tommy Brock, who was still grinning, happened to be uppermost; and he rolled Mr. Tod over and over like a log, out at the door.

Er öffnete die Tür …

Tommy Brock saß an Mr. Todds Küchentisch und schenkte sich Tee aus Mr. Todds Teekanne in Mr. Todds Teetasse. Er war vollkommen trocken und grinste. Dann schüttete er eine Tasse brühend heißen Tee über Mr. Todd.

Mr. Todd stürzte sich auf Tommy Brock, und Tommy Brock raufte inmitten von zerbrochenem Geschirr mit Mr. Todd. Die Küche verwandelte sich in ein fürchterliches Schlachtfeld.

Für die Kaninchen im Tunnel hörte es sich an, als würde bei jedem Poltern der umfallenden Möbel der Boden über ihnen einbrechen. Sie krochen heraus und warteten ängstlich lauschend zwischen Felsen und Büschen.

Der Tumult im Haus war furchterregend. Die Kaninchenkinder im Ofen wachten zitternd auf. Vielleicht hatte es sein Gutes, dass sie eingeschlossen waren.

Alles lag durcheinander, nur der Küchentisch stand noch. Bis auf das Kaminsims und die Herdeinfassung war alles kurz und klein geschlagen. Das Geschirr lag in Scherben. Und die Stühle waren zerbrochen, ebenso das Fenster, und die Uhr polterte herunter, und überall lagen Büschel von Mr. Todds rötlich-gelben Barthaaren.

Die Vasen fielen vom Kaminsims, die Blechbüchsen vom Regalbrett, der Kessel von der Herdplatte. Tommy Brocks tappte in ein Glas Himbeermarmelade. Das kochende Wasser aus dem Kessel verbrühte Mr. Todds Fuchsschwanz.

Als der Kessel herunterschepperte, lag Tommy Brock gerade auf Mr. Todd. Er rollte ihn wie ein Holzscheit herum und schließlich zur Tür hinaus.

Then the snarling and worrying went on outside; and they rolled over the bank, and down hill, bumping over the rocks. There will never be any love lost between Tommy Brock and Mr. Tod.

As soon as the coast was clear, Peter Rabbit and Benjamin Bunny came out of the bushes – "Now for it! Run in, Cousin Benjamin! Run in and get them! While I watch at the door."

But Benjamin was frightened – "Oh; oh! they are coming back!"

"No they are not."

"Yes they are!"

"What dreadful bad language! I think they have fallen down the stone quarry."

Still Benjamin hesitated, and Peter kept pushing him – "Be quick, it's all right. Shut the oven door, Cousin Benjamin, so that he won't miss them."

Decidedly there were lively doings in Mr. Tod's kitchen!

At home in the rabbit hole, things had not been quite comfortable. After quarrelling at supper, Flopsy and old Mr. Bouncer had passed a sleepless night, and quarrelled again at breakfast. Old Mr. Bouncer could no longer deny that he had invited company into the rabbit hole; but he refused to reply to the questions and reproaches of Flopsy. The day passed heavily.

Old Mr. Bouncer, very sulky, was huddled up in a corner, barricaded with a chair. Flopsy had taken away his pipe and hidden the tobacco. She had been having a complete turn out and spring-cleaning, to relieve her feelings. She had just finished. Old Mr. Bouncer, behind

Draußen gingen sie sich weiter fauchend an die Kehle. Und sie wälzten sich auf dem Abhang und kugelten über die Felsen bergab. Von nun an würden Tommy Brock und Mr. Todd erbitterte Feinde sein.

Sobald die Luft rein war, kamen Peter Rabbit und Benjamin Bunny aus dem Gebüsch – «Jetzt aber nichts wie los! Lauf ins Haus, Vetter Benjamin! Lauf rein und hol sie! Ich halte an der Tür Wache.»

Doch Benjamin hatte Angst – «Nein, nein! Sie kommen bestimmt zurück!»

»Nein, tun sie nicht.»

«Doch, das werden sie!»

«So reden nur Angsthasen! Ich glaube, sie sind in den Steinbruch gestürzt.»

Benjamin zögerte immer noch, aber Peter drängelte ihn weiter – «Beeil dich, es ist alles gut. Schließ die Ofentür, Vetter Benjamin, damit er nicht merkt, dass sie weg sind.»

In Mr. Todds Küche war ganz schön was los!

Zu Hause im Kaninchenbau war die Stimmung derweil recht angespannt gewesen. Nach einem Streit beim Abendessen hatten Flopsi und der alte Mr. Bouncer eine schlaflose Nacht verbracht und sich beim Frühstück weitergezankt. Obwohl der alte Mr. Bouncer seinen Besucher nicht länger leugnen konnte, weigerte er sich, auf Flopsis Fragen und Vorwürfe zu antworten. Der Tag schleppte sich dahin.

Der alte Mr. Bouncer verbarrikadierte sich hinter einem Stuhl und schmollte in einer Ecke. Flopsi hatte ihm seine Pfeife weggenommen und den Tabak versteckt. Um sich abzulenken, hatte sie den ganzen Bau auf den Kopf gestellt und Frühjahrsputz gemacht. Sie war gerade erst fertig ge-

his chair, was wondering anxiously what she would do next.

In Mr. Tod's kitchen, amongst the wreckage, Benjamin Bunny picked his way to the oven nervously, through a thick cloud of dust. He opened the oven door, felt inside, and found something warm and wriggling. He lifted it out carefully, and rejoined Peter Rabbit.

"I've got them! Can we get away? Shall we hide, Cousin Peter?"

Peter pricked his ears; distant sounds of fighting still echoed in the wood.

Five minutes afterwards two breathless rabbits came scuttering away down Bull Banks, half carry-

worden. Der alte Mr. Bouncer hinter seinem Stuhl fragte sich nervös, was sie wohl als Nächstes tun würde.

In der Küche von Mr. Todd bahnte sich Benjamin Bunny durch Berge von Trümmern und dicke Staubwolken nervös einen Weg zum Ofen. Er öffnete dessen Tür, tastete darin herum und fand etwas Warmes, das zappelte. Er hob es vorsichtig heraus und ging zu Peter Rabbit zurück.

«Ich habe sie! Können wir losgehen? Oder sollen wir uns verstecken, Vetter Peter?»

Peter spitzte die Ohren. Aus dem Wald waren noch immer entfernte Kampfgeräusche zu hören.

Fünf Minuten später flitzten zwei atemlose Kaninchen den Bull-Banks-Berg hinunter; den Sack zwischen sich

ing half dragging a sack between them, bumpetty bump over the grass. They reached home safely and burst into the rabbit hole.

Great was old Mr. Bouncer's relief and Flopsy's joy when Peter and Benjamin arrived in triumph with the young family. The rabbit-babies were rather tumbled and very hungry; they were fed and put to bed. They soon recovered.

A long new pipe and a fresh supply of rabbit tobacco was presented to Mr. Bouncer. He was rather upon his dignity; but he accepted.

Old Mr. Bouncer was forgiven, and they all had dinner. Then Peter and Benjamin told their story – but they had not waited long enough to be able to tell the end of the battle between Tommy Brock and Mr. Tod.

trugen und zerrten sie rumpeldipumpel über das Gras. Sie schafften es wohlbehalten nach Hause und stürzten in den Kaninchenbau.

Flopsi war sehr froh und der alte Mr. Bouncer sehr erleichtert, als Peter und Benjamin die Kleinen triumphierend nach Hause brachten. Die Kaninchenkinder waren ziemlich durchgerüttelt und sehr hungrig, sie wurden gefüttert und ins Bett gesteckt. Und schon bald ging es ihnen wieder besser.

Mr. Bouncer bekam eine lange neue Pfeife und ein frisches Päckchen Hasentabak. Es nagte zwar an seinem Stolz, aber er nahm beides an.

Dem alten Mr. Bouncer wurde verziehen, und sie aßen gemeinsam zu Abend. Peter und Benjamin erzählten ihre Geschichte – wie der Kampf zwischen Tommy Brock und Mr. Todd ausgegangen war, konnten sie allerdings nicht berichten, dafür hatten sie nicht lange genug gewartet.

The Tale of Mrs. Tiggy-winkle

For the real little Lucie of Newlands

Once upon a time there was a little girl called Lucie, who lived at a farm called Little-town. She was a good little girl – only she was always losing her pockethandkerchiefs! One day little Lucie came into the farm-yard crying – oh, she did cry so! "I've lost my pocket-handkin! Three handkins and a pinny! Have you seen them, Tabby Kitten?"

The Kitten went on washing her white paws; so Lucie asked a speckled hen – "Sally Henny-penny, have you found three pocket-handkins?" But the speckled hen ran into a barn, clucking – "I go barefoot, barefoot, barefoot!"

And then Lucie asked Cock Robin sitting on a twig. Cock Robin looked sideways at Lucie with his bright black eye, and he flew over a stile and away.

Lucie climbed upon the stile and looked up at the hill behind Little-town – a hill that goes up-up – into the clouds as though it had no top!

And a great way up the hillside she thought she saw some white things spread upon the grass.

Lucie scrambled up the hill as fast as her stout legs would carry her; she ran along a steep path-way – up and up – until Little-town was right away down below – she could have dropped a pebble down the chimney!

Presently she came to a spring, bubbling out from the

Die Geschichte von Mrs. Tiggy-Winkle

Für die echte kleine Lucie aus Newlands

Es war einmal ein kleines Mädchen namens Lucie, das lebte auf einem Bauernhof namens Little-Town. Sie war ein liebes kleines Mädchen – nur verlor sie ständig ihre Taschentücher! Eines Tages kam die kleine Lucie weinend auf den Hof gelaufen – ach, wie sie weinte! «Ich habe mein Taschentuch verloren! Drei Taschentücher und eine Schürze! Hast du sie gesehen, Tigerkätzchen?»

Das Kätzchen leckte sich unbeirrt die weißen Pfötchen, und so fragte Lucie ein Sprenkelhuhn – «Sally Henny-Penny, hast du vielleicht drei Taschentücher gefunden?» Doch die Sprenkelhenne rannte in die Scheune und gackerte – «Ich laufe barfuß, barfuß, barfuß!»

Danach fragte Lucie das Rotkehlchen Cock Robin, das auf einem Zweig thronte. Es musterte Lucie von der Seite mit einem glänzenden schwarzen Auge und flatterte über einen Zauntritt davon.

Lucie kletterte auf den Zauntritt und blickte zu dem Hügel hinter Little-Town hinauf – ein Hügel, der sich hoch hinauf reckt – bis in die Wolken hinein, als hätte er keinen Gipfel.

Hoch oben am Berg meinte sie einige weiße Flecken auf dem Gras zu erkennen.

Lucie kletterte den Berg hinauf so schnell ihre stämmigen Beinchen sie trugen; sie rannte einen steilen Pfad hoch – höher und höher – bis Little-Town genau unter ihr lag – sie hätte einen Stein in den Schornstein werfen können!

Bald kam sie zu einer Quelle, die aus dem Abhang spru-

hill-side. Some one had stood a tin can upon a stone to catch the water – but the water was already running over, for the can was no bigger than an egg-cup! And where the sand upon the path was wet – there were foot-marks of a very small person.

Lucie ran on, and on.

The path ended under a big rock. The grass was short and green, and there were clothes-props cut from bracken stems, with lines of plaited rushes, and a heap of tiny clothes pins – but no pocket-handkerchiefs!

But there was something else – a door! straight into the hill; and inside it some one was singing –

"Lily-white and clean, oh!

With little frills between, oh!

delte. Jemand hatte eine Blechdose auf einen Stein gestellt, um darin Wasser aufzufangen – doch er lief schon über. Die Dose war nämlich nicht größer als ein Eierbecher ! Und an den feuchten Stellen auf dem Pfad waren Fußspuren von einer *sehr* kleinen Person zu erkennen.

Lucie rannte immer weiter.

Der Pfad endete unter einem großen Felsen. Das Gras war hier kurz und grün, und zwischen Wäschestangen aus Adlerfarnstängeln hatte jemand Leinen aus geflochtenen Binsen gespannt, an denen jede Menge winziger Wäscheklammern hingen – aber keine Taschentücher !

Dort war aber auch noch etwas anderes – eine Tür ! Sie führte geradewegs in den Hügel hinein und drinnen sang jemand –

« Schneeweiß und rein, juhu !
All die Rüschen fein, juhu !

Smooth and hot – red rusty spot
Never here be seen, oh!"

Lucie knocked – once – twice, and interrupted the song.

A little frightened voice called out "Who's that?"

Lucie opened the door: and what do you think there was inside the hill?– a nice clean kitchen with a flagged floor and wooden beams – just like any other farm kitchen. Only the ceiling was so low that Lucie's head nearly touched it; and the pots and pans were small, and so was everything there.

There was a nice hot singey smell; and at the table, with an iron in her hand stood a very stout short person staring anxiously at Lucie. Her print gown was tucked up, and she was wearing a large apron over her striped petticoat. Her little black nose went sniffle, sniffle, snuffle, and her eyes went twinkle, twinkle; and underneath her cap – where Lucie had yellow curls – that little person had PRICKLES!

"Who are you?" said Lucie. "Have you seen my pocket-handkins?"

The little person made a bob-curtsey –"Oh, yes, if you please'm; my name is Mrs. Tiggy-Winkle; oh, yes, if you please'm, I'm an excellent clear-starcher!" And she took something out of a clothes-basket, and spread it on the ironing-blanket.

"What's that thing?" said Lucie –"that's not my pocket-handkin?"

"Oh no, if you please'm; that's a little scarlet waistcoat belonging to Cock Robin!"

Glatt und heiß – mit viel Fleiß,
kein Fleckchen auf dem Jäckchen, juhu ! »

Lucie klopfte – einmal – zweimal, und unterbrach das Lied.

Eine zaghafte, verängstigte Stimme rief : « Wer da ? »

Lucie öffnete die Tür, und was glaubt ihr, fand sie im Inneren des Hügels ? – Eine hübsche saubere Küche mit Steinfliesen und Holzbalken – wie auf jedem Bauerhof. Die Decke war allerdings so niedrig, dass sich Lucie fast den Kopf daran stieß. Auch die Töpfe und Pfannen waren klein, wie alles andere dort.

Es war warm und roch angenehm angesengt ; und am Tisch, mit einem Bügeleisen in der Hand, stand eine sehr beleibte kleine Person, die Lucie ängstlich anstarrte. Ihr gemustertes Kleid war hochgerafft, über dem gestreiften Unterrock trug sie eine große Schürze. Ihre kleine schwarze Nase machte schnüffel, schnüffel, schnuffel und ihre Augen machten zwinker, zwinker. Doch unter ihrer Haube – wo bei Lucie blonde Locken waren –, hatte diese kleine Person STACHELN !

« Wer sind Sie ? », fragte Lucie. « Haben Sie vielleicht meine Taschentücher gesehen ? »

Die kleine Person machte einen Knicks – « Oh, ja, wenn's gestatten, ich heiße Mrs. Tiggy-Winkle. Oh, ja, und wenn's gestatten, ich bin eine ausgezeichnete Wäschestärkerin ! » Sie nahm etwas aus dem Korb und breitete es auf der Bügeldecke aus.

« Was ist das ? », fragte Lucie – « Ist das nicht mein Taschentuch ? »

« Oh, nein, wenn's gestatten, das ist die kleine scharlachrote Weste vom Rotkehlchen Cock Robin ! »

And she ironed it and folded it, and put it on one side.

Then she took something else off a clothes-horse –

"That isn't my pinny?" said Lucie.

"Oh no, if you please'm; that's a damask table-cloth belonging to Jenny Wren; look how it's stained with currant wine! It's very bad to wash!" said Mrs. Tiggy-winkle.

Mrs. Tiggy-winkle's nose went sniffle, sniffle, snuffle, and her eyes went twinkle, twinkle; and she fetched another hot iron from the fire.

"There's one of my pocket-handkins!" cried Lucie –"and there's my pinny!" Mrs. Tiggy-winkle ironed it, and goffered it, and shook out the frills.

"Oh that is lovely!" said Lucie.

"And what are those long yellow things with fingers like gloves?"

Sie bügelte die Weste, faltete sie zusammen und legte sie beiseite.

Sie nahm etwas anderes von einem Wäscheständer.

« Ist das nicht meine Schürze? »

« Oh, nein, wenn's gestatten, das ist eine Damasttischdecke von Jenny Wren, der Zaunkönigsfrau. Überall Flecken vom Johannisbeerwein! Der ist sehr schwer auszuwaschen! », erklärte Mrs. Tiggy-Winkle.

Mrs. Tiggy-Winkles Nase machte schnüffel, schnüffel, schnuffel und ihre Augen machten zwinker, zwinker, und sie ergriff ein neues heißes Bügeleisen, das vor dem Feuer stand.

« Da ist eines meiner Taschentücher! », rief Lucie – « und dort ist meine Schürze! » Mrs. Tiggy-Winkle bügelte und plissierte sie und schüttelte die Volants aus.

« Oh, wie hübsch! », freute sich Lucie.

« Und was sind diese langen gelben Dinger mit den Fingern, die wie Handschuhe aussehen? »

"Oh, that's a pair of stockings belonging to Sally Henny-penny – look how she's worn the heels out with scratching in the yard! She'll very soon go barefoot!" said Mrs. Tiggy-winkle.

"Why, there's another handkersniff – but it isn't mine; it's red?"

"Oh no, if you please'm; that one belongs to old Mrs. Rabbit; and it did so smell of onions! I've had to wash it separately, I can't get out the smell."

"There's another one of mine," said Lucie.

"What are those funny little white things?"

"That's a pair of mittens belonging to Tabby Kitten; I only have to iron them; she washes then herself."

"There's my last pocket-handkin!" said Lucie.

"Andwhat are you dipping into the basin of starch?"

"They're little dicky shirt-fronts belonging to Tom Titsmouse – most terrible particular!" said Mrs. Tiddy-winkle.

"Now I've finished my ironing; I'm going to air some clothes."

"What are these dear soft fluffy things?" said Lucie.

"Oh those are woolly coats belonging to the little lambs at Skelghyl."

"Will their jackets take-off?" asked Lucie.

"Oh yes, if you please'm; look at the sheep-mark on the shoulder. And here's one marked for Gatesgarth, and three that come from Little-town. They're always marked at washing!" said Mrs. Tiggy-winkle.

And she hung up all sorts and sizes of clothes – small brown coats of mice; and one velvety black mole-skin

«Oh, das sind Strümpfe von der Sprenkelhenne Sally Henny-Penny, schau nur, wie durchgescheuert die Fersen sind, weil sie im Hof scharrt! Bald muss sie barfuß gehen!», sagte Mrs. Tiggy-Winkle.

«Oh, da ist noch ein Taschnupftuch – aber keines von meinen. Es ist rot.»

«Oh, nein, wenn's gestatten, das gehört der alten Mrs. Rabbit. Und es hat so nach Zwiebeln gerochen, dass ich es getrennt waschen musste. Aber der Geruch geht nicht heraus.»

«Da ist noch eines von meinen», sagte Lucie.

«Was sind denn diese komischen kleinen weißen Dinger?»

«Das sind Fäustlinge vom Tigerkätzchen. Die brauche ich bloß zu bügeln, sie wäscht sie selbst.»

«Da ist mein drittes Taschentuch!», rief Lucie.

«Und was tauchen Sie da in die Stärkeschüssel?»

«Das sind kleine Hemdbrüste von Tom Tits-Mouse – schrecklich knifflig!», sagte Mrs. Tiggy-Winkle.

«So, mit Bügeln bin ich fertig, nun werde ich noch ein paar Sachen zum Lüften aufhängen.»

«Und was sind diese niedlichen weichen flauschigen Dinger?», sagte Lucie.

«Ach, das sind die Wollmäntel von den Lämmchen in Skelghyl.»

«Können sie die Mäntel einfach ausziehen?»

«Aber ja, wenn's gestatten, schau, da ist das Zeichen auf der Schulter. Ein Mantel hat das von Gatesgarth, die anderen drei von Little-Town. Die Mäntel werden vor dem Waschen immer gekennzeichnet!», sagte Mrs. Tiggy-Winkle.

Sie hängte alle möglichen Kleider in allen möglichen Größen auf – kleine braune Mäusemäntel, ein samtiges schwar-

waist coat; and a red tail-coat with no tail belonging to Squirrel Nutkin; and a very much shrunk jacket belonging to Peter Rabbit; and a petticoat, not marked, that had gone lost in the washing – and at last the basket was empty!

Then Mrs. Tiggy-winkle made tea – a cup for herself and a cup for Lucie. They sat before a fire on a bench and looked sideways at one another. Mrs. Tiggy-winkle's hand, holding the tea-cup, was very very brown, and very very wrinkly with the soap suds; and all through her gown and her cap, there were hair-pins sticking wrong end out; so that Lucie didn't like to sit too near her.

When they had finished tea, they tied up the clothes in bundles; and Lucie's pocket-handkerchiefs were folded up inside her clean pinny, and fastened with a silver safety-pin. And then they made up the fire with turf, and came out and locked the door, and hid the key under the door-sill.

Then away down the hill trotted Lucie and Mrs. Tiggy-winkle and the bundles of clothes! All the way down the path little animals came out of the fern to meet them; the very first that they met was Peter Rabbit and Benjamin Bunny!

And she gave them their nice clean clothes; and all the little animals and birds were so very much obliged to dear Mrs. Tiggy-winkle.

So that at the bottom of the hill when they came to the stile, there was nothing left to carry except Lucie's one little bundle.

zes Maulwurfswams und einen roten Frack ohne Frackschöße von Eichhörnchen Nutkin, außerdem ein stark eingelaufenes Jäckchen von Peter Rabbit und einen Unterrock ohne Namensschild. Das war beim Waschen verloren gegangen. Und schließlich war der Korb leer!

Danach brühte Mrs. Tiggy-Winkle Tee auf – eine Tasse für sich und eine Tasse für Lucie. Sie setzten sich auf die Bank vor dem Feuer und musterten sich mit Seitenblicken.

Die Hand, mit der Mrs. Tiggy-Winkle die Teetasse hielt, war sehr, sehr braun und vom Seifenwasser sehr, sehr schrumplig. Aus ihrem Kleid und ihrer Haube ragten überall Haarnadeln heraus – und zwar mit dem spitzen Ende! Lucie wollte ihr lieber nicht zu nahe kommen.

Als sie ihren Tee ausgetrunken hatten, schnürten sie die Kleider zu Bündeln zusammen; Lucies gefaltete Taschentücher kamen in ihre saubere Schürze, die mit einer silbernen Sicherheitsnadel zusammengehalten wurde. Sie löschten das Feuer mit Torf, gingen hinaus und schlossen die Tür ab. Den Schlüssel versteckten sie unter der Türschwelle.

Lucie und Mrs. Tiggy-Winkle trotteten mit den Kleiderbündeln den Berg hinunter. Unterwegs traten überall kleine Tiere zwischen den Farnwedeln hervor und grüßten sie. Peter Rabbit und Benjamin Bunny waren die Allerersten, die sie trafen!

Mrs. Tiggy-Winkle reichte ihnen ihre sorgfältig gewaschenen Kleider; und die kleinen Tiere und Vögel waren der lieben Wäscherin sehr dankbar dafür.

Als sie schließlich beim Zauntritt am Fuße des Hügels ankamen, war außer dem kleinen Bündel von Lucie nichts mehr zu tragen.

Lucie scrambled up the stile with the bundle in her hand; and then she turned to say, "Good-Night," and to thank the washer-woman – But what a very odd thing! Mrs. Tiggy-Winkle had not waited either for thanks or for the washing bill! She was running running running up the hill – and where was her white frilled cap? and her shawl? and her gown – and her petticoat?

And how small she had grown – and how brown – and covered with prickles! Why! Mrs. Tiggy-winkle was nothing but a hedgehog.

(Now some people say that little Lucie had been asleep upon the stile – but then how could she have found three clean pocket-handkins and a pinny, pinned with

Lucie kletterte mit dem Bündel in der Hand auf den Zauntritt, oben drehte sie sich um und wollte der Wäscherin eine gute Nacht wünschen und ihr danken. – Doch Mrs. Tiggy-Winkle hatte – das war wirklich seltsam! – nicht gewartet. Weder auf ein Dankeschön noch auf ihre Bezahlung!

Sie rannte, rannte, rannte den Hügel hinauf. Wo war ihre weiße Rüschenhaube? Und ihr Schultertuch? Und ihr Kleid – und ihr Unterrock?

Wie klein sie plötzlich aussah – und wie braun – und mit Stacheln übersät! Natürlich! Mrs. Tiggy-Winkle war ja auch ein Igel.

(Jetzt werden natürlich manche behaupten, die kleine Lucie sei auf dem Zauntritt eingeschlafen – doch wie hätte sie dann drei kleine Taschentücher in einer Schürze finden

a silver safety pin? And besides – I have seen that door into the back of the hill called Cat Bells – and besides I am very well acquainted with dear Mrs. Tiggy-winkle!)

können, die von einer silbernen Sicherheitsnadel zusammengehalten wurde? Und außerdem – ich habe diese Tür in dem Hügel namens Cat Bells gesehen – und die liebe Mrs. Tiggy-Winkle ist eine sehr gute Bekannte von mir!)

The Tale of Ginger and Pickles

Dedicated with very kind regards to old Mr. John Taylor, who "thinks he might pass as a dormouse!" (Three years in bed and never a grumble!)

Once upon a time there was a village shop. The name over the window was "Ginger and Pickles."

It was a little small shop just the right size for Dolls – Lucinda and Jane Doll – cook always bought their groceries at Ginger and Pickles.

The counter inside was a convenient height for rabbits. Ginger and Pickles sold red spotty pocket-handkerchiefs at a penny three farthings.

They also sold sugar, and snuff and galoshes. In fact, although it was such a small shop it sold nearly everything – except a few things that you want in a hurry – like bootlaces, hair-pins and mutton chops.

Ginger and Pickles were the people who kept the shop. Ginger was a yellow tom-cat, and Pickles was a terrier.

The rabbits were always a little bit afraid of Pickles.

The shop was also patronized by mice – only the mice were rather afraid of Ginger.

Ginger usually requested Pickles to serve them, because he said it made his mouth water.

"I cannot bear," said he, "to see them going out at the door carrying their little parcels."

"I have the same feeling about rats," replied Pickles, "but it would never do to eat our own customers; they would leave us and go to Tabitha Twitchit's."

Die Geschichte von Ginger und Pickles

Mit den besten Wünschen dem alten Mr. John Taylor gewidmet, der glaubt, er «könne auch gut als Siebenschläfer durchgehen!» (Drei Jahre im Bett ohne zu murren!)

Es war einmal ein Dorfladen. Auf dem Schaufenster stand: ‹Ginger and Pickles›.

Der kleine enge Laden hatte gerade die richtige Größe für Puppen, und so kauften die Puppe Lucinda und ihre Köchin Jane ihre Lebensmittel immer bei Ginger and Pickles ein.

Für Kaninchen hatte die Ladentheke eine bequeme Höhe. Ginger und Pickles verkauften rot gepunktete Taschentücher für einen Penny und drei Farthings.

Auch Zucker und Schnupftabak und Überschuhe waren im Angebot. Der Laden war zwar winzig, verkaufte aber fast alles – nur ein paar Dinge, die man schnell braucht, wie Schnürsenkel, Haarnadeln und Hammelkoteletts, fehlten.

Der Laden gehörte Ginger und Pickles. Ginger war ein gelber Kater und Pickles ein Terrier.

Die Kaninchen hatten vor Pickles immer ein bisschen Angst.

Auch Mäuse gehörten zur Kundschaft – allerdings fürchteten die sich eher vor Ginger.

Gewöhnlich bat Ginger dann Pickles, sie zu bedienen, weil ihm bei ihrem Anblick das Wasser im Mund zusammenlief.

«Es ist nicht zum Aushalten», sagte er, «sie mit ihren kleinen Päckchen aus dem Laden gehen zu sehen.»

«So geht es mir mit Ratten», erwiderte Pickles. «Aber wenn wir anfangen, unsere Kunden zu fressen, werden sie uns verlassen und zu Tabitha Twitchit laufen.»

"On the contrary, they would go nowhere," replied Ginger gloomily. (Tabitha Twitchit kept the only other shop in the village. She did not give credit.)

Ginger and Pickles gave unlimited credit.

Now the meaning of "credit" is this – when a customer buys a bar of soap, instead of the customer pulling out a purse and paying for it – she says she will pay another time.

And Pickles makes a low bow and says, "With pleasure, madam," and it is written down in a book.

The customers come again and again, and buy quantities, in spite of being afraid of Ginger and Pickles.

But there is no money in what is called the "till."

The customers came in crowds every day and bought quantities, especially the toffee customers. But there was

«Ganz im Gegenteil, sie würden nirgendwo mehr hinlaufen», widersprach Ginger düster. (Tabitha Twitchit gehörte der einzige andere Laden im Dorf. Sie schrieb nicht an.)

Ginger und Pickles hingegen schrieben unbegrenzt an.

Mit «anschreiben» ist gemeint, dass eine Kundin, wenn sie ein Stück Seife kauft, nicht das Portemonnaie herauszieht und bezahlt – sondern sagt, sie werde ein anderes Mal bezahlen.

Pickles verbeugt sich dann tief und antwortet: «Aber sehr gern, Madam» und trägt es in ein Buch ein.

So kommen die Kunden immer wieder und kaufen trotz ihrer Angst vor Ginger und Pickles reichlich ein.

Allerdings kommt so kein Geld in die «Kasse».

Jeden Tag kamen Scharen von Kunden und kauften fleißig ein, vor allem die Karamellbonbon-Kunden. Geld gab es

always no money; they never paid for as much as a pennyworth of peppermints.

But the sales were enormous, ten times as large as Tabitha Twitchit's. As there was always no money, Ginger and Pickles were obliged to eat their own goods.

Pickles ate biscuits and Ginger ate a dried haddock.

They ate them by candle-light after the shop was closed.

When it came to Jan. 1st there was still no money, and Pickles was unable to buy a dog licence.

"It is very unpleasant, I am afraid of the police," said Pickles.

"It is your own fault for being a terrier; I do not require a licence, and neither does Kep, the Collie dog."

"It is very uncomfortable, I am afraid I shall be summoned. I have tried in vain to get a licence upon credit at the Post Office;" said Pickles.

"The place is full of policemen. I met one as I was coming home."

"Let us send in the bill again to Samuel Whiskers, Ginger, he owes 22/9 for bacon."

"I do not believe that he intends to pay at all," replied Ginger.

"And I feel sure that Anna Maria pockets things – Where are all the cream crackers?"

"You have eaten them yourself," replied Ginger.

Ginger and Pickles retired into the back parlour.

dafür grundsätzlich nicht, sie bezahlten nie auch nur einen müden Penny.

Doch der Umsatz war enorm, zehn Mal höher als bei Tabitha Twitchit. Aber da nie Geld in die Kasse kam, blieb Ginger und Pickles nichts anderes übrig, als ihre eigenen Waren zu essen.

Pickles aß Kekse und Ginger getrockneten Schellfisch.

Gespeist wurde nach Ladenschluss bei Kerzenschein.

Am ersten Januar war immer noch war kein Geld da, und Pickles konnte die Hundesteuer nicht bezahlen.

«Das ist mir sehr unangenehm, ich habe Angst vor der Polizei», sagte Pickles.

«Selbst schuld, dass du ein Terrier bist, *ich* muss keine Steuer zahlen, und Kep der Collie auch nicht.»

«Es beunruhigt mich, nicht dass ich womöglich vorgeladen werde. Ich habe schon versucht, die Steuer beim Postamt anschreiben zu lassen. Aber vergeblich», klagte Pickles.

«Dort wimmelt es vor Polizisten. Auf dem Heimweg ist mir einer über den Weg gelaufen.»

«Ginger, lass uns Samuel Whiskers noch einmal die Rechnung schicken, er schuldet uns 22/9* für Speck.»

«Ich glaube nicht, dass er vorhat, je zu zahlen», antwortete Ginger.

«Außerdem ich bin ziemlich sicher, dass Anna Maria Sachen mitgehen lässt – Wo sind die ganzen Cracker hin?»

«Die hast du selbst gegessen», erwiderte Ginger.

Ginger und Pickles zogen sich ins Hinterzimmer zurück.

* zweiundzwanzig Shilling und neun Pence

They did accounts. They added up sums and sums, and sums.

"Samuel Whiskers has run up a bill as long as his tail; he has had an ounce and three-quarters of snuff since October."

"What is seven pounds of butter at 1/3, and a stick of sealing wax and four matches?"

"Send in all the bills again to everybody 'with comp'ts,'" replied Ginger.

After a time they heard a noise in the shop, as if something had been pushed in at the door. They came out of the back parlour. There was an envelope lying on the counter, and a policeman writing in a note-book!

Sie machten die Buchhaltung. Und zählten Posten um Posten um Posten zusammen.

« Samuel Whiskers Schuldenliste ist so lang wie sein Schwanz; seit Oktober hatte er eindreiviertel Unzen Schnupftabak. »

« Wie viel machen sieben Pfund Butter zu einem Shilling und drei Pence, eine Stange Siegelwachs und vier Streichhölzer? »

« Schick allen noch einmal ihre Rechnung ‹mit besten Grüßen› », erwiderte Ginger.

Nach einer Weile war aus dem Laden ein Geräusch zu hören, als sei etwas durch die Tür geschoben worden. Sie kamen aus dem Hinterzimmer heraus. Auf der Theke lag ein Umschlag und ein Polizist schrieb etwas in ein Notizbuch!

Pickles nearly had a fit, he barked and he barked and made little rushes.

"Bite him, Pickles! bite him!" spluttered Ginger behind a sugar-barrel, "he's only a German doll!"

The policeman went on writing in his notebook; twice he put his pencil in his mouth, and once he dipped it in the treacle.

Pickles barked till he was hoarse. But still the policeman took no notice.

He had bead eyes, and his helmet was sewed on with stitches.

At length on his last little rush – Pickles found that the shop was empty.

The policeman had disappeared.

But the envelope remained.

"Do you think that he has gone to fetch a real live policeman? I am afraid it is a summons," said Pickles.

"No," replied Ginger, who had opened the envelope, "it is the rates and taxes, £3 19 11–3/4."

"This is the last straw," said Pickles, "let us close the shop."

They put up the shutters, and left. But they have not removed from the neighbourhood. In fact some people wish they had gone further.

Ginger is living in the warren. I do not know what occupation he pursues; he looks stout and comfortable.

Pickles traf fast der Schlag, er bellte und bellte und schnappte nach ihm.

«Fass, Pickles! Fass!», stieß Ginger hinter einem Zuckerfass hervor. «Er ist bloß eine deutsche Puppe!»

Der Polizist schrieb weiter in sein Notizbuch, zweimal steckte er den Stift in den Mund und einmal tunkte er ihn in den Sirup.

Pickles kläffte, bis er heiser war. Doch der Polizist beachtete ihn nicht.

Seine Augen waren aus Perlen und sein Helm war mit mehreren Stichen angenäht.

Als er ein letztes Mal zuschnappen wollte, musste Pickles schließlich feststellen, dass der Laden leer war.

Der Polizist war verschwunden.

Doch der Umschlag lag noch da.

«Meinst du, er ist einen echten, lebendigen Polizisten holen gegangen? Ich habe Angst, dass es eine Vorladung ist», sagte Pickles.

«Nein», erwiderte Ginger, der den Umschlag geöffnet hatte. «Das sind Steuern und Abgaben, £3 19 11–3/4.»*

«Wir sind erledigt», sagte Pickles, «lass uns das Geschäft schließen.»

Sie machten den Laden dicht und gingen. Doch sie blieben in der Nachbarschaft. Dabei wäre es manchen ganz recht gewesen, wenn sie weggezogen wären.

Ginger wohnt im Kaninchengehege. Ich weiß nicht, welcher Beschäftigung er nachgeht, aber er sieht wohlgenährt und zufrieden aus.

* drei Pfund, neunzehn Shilling, elf Pence und drei Farthings

Pickles is at present a gamekeeper.

The closing of the shop caused great inconvenience. Tabitha Twitchit immediately raised the price of everything a half-penny; and she continued to refuse to give credit.

Of course there are the trades-men's carts – the butcher, the fish-man and Timothy Baker.

But a person cannot live on "seed wigs" and sponge-cake and butter-buns – not even when the sponge-cake is as good as Timothy's!

After a time Mr. John Dormouse and his daughter began to sell peppermints and candles.

But they did not keep "self-fitting sixes"; and it takes five mice to carry one seven inch candle.

Besides – the candles which they sell behave very strangely in warm weather.

And Miss Dormouse refused to take back the ends when they were brought back to her with complaints.

And when Mr. John Dormouse was complained to, he stayed in bed, and would say nothing but "very snug;" which is not the way to carry on a retail business.

So everybody was pleased when Sally Henny Penny sent out a printed poster to say that she was going to re-open the shop – "Henny's Opening Sale! Grand co-operative Jumble! Penny's penny prices! Come buy, come try, come buy!"

The poster really was most 'ticing.

There was a rush upon the opening day. The shop

Pickles arbeitet derzeit als Wildhüter.

Das Schließen des Ladens verursachte große Unannehmlichkeiten. Tabitha Twitchit verlangte umgehend für alles einen halben Penny mehr. Und sie weigerte sich auch weiterhin anzuschreiben.

Natürlich gibt es noch die fahrenden Händler – den Metzger, den Fischverkäufer und Timothy Baker.

Aber niemand kann nur von «Kümmelwecken» und Biskuitkuchen und Milchbrötchen leben – nicht einmal, wenn der Biskuitkuchen so köstlich ist wie der von Timothy!

Nach einer Weile begannen Mr. John Dormouse und seine Tochter, Pfefferminzbonbons und Kerzen zu verkaufen.

Allerdings führten sie keine «Sechser mit Kronenfuß», und um eine Sieben-Inch-Kerze zu tragen, sind fünf Mäuse nötig.

Abgesehen davon verhalten sich die von ihnen verkauften Kerzen bei warmem Wetter äußerst merkwürdig.

Und wenn jemand die Kerzenstummel wiederbrachte und sich beschwerte, weigerte sich Miss Dormouse, sie zurückzunehmen.

Beschwerte man sich daraufhin bei Mr. John Dormouse, blieb dieser einfach im Bett liegen und sagte nur «sehr gemütlich hier», was wirklich keine Art ist, einen Einzelhandel zu führen.

Daher waren alle froh, als Sally Henny Penny die Wiedereröffnung des Ladens auf einem Plakat bekannt gab, – «Eröffnungsangebote bei Henny! Großer Genossenschafts-Ausverkauf! Pennys Pennypreise! Alles muss raus, probiert es aus!»

Das Plakat lockte viele an.

Am Eröffnungstag herrschte großer Trubel. Die Kunden

was crammed with customers, and there were crowds of mice upon the biscuit canisters.

Sally Henny Penny gets rather flustered when she tries to count out change, and she insists on being paid cash; but she is quite harmless.

And she has laid in a remarkable assortment of bargains.

There is something to please everybody.

drängten sich im Laden und auf den Keksdosen tummelten sich die Mäuse.

Sally Henny Penny wird ziemlich nervös, wenn sie Wechselgeld herauszugeben versucht, und besteht auf Barzahlung. Doch ansonsten ist sie sehr entgegenkommend.

Und sie führt eine große Auswahl an günstigen Waren.

Da findet jeder etwas, das ihm gefällt.